裸の体が触れ、背中や腰を撫でられながらのキスに、悠真は目を回しそうになった。

（本文より抜粋）

DARIA BUNKO

愛されベータに直情プロポーズ

若月京子

ILLUSTRATION 明神 翼

ILLUSTRATION
明神 翼

CONTENTS

この作品はフィクションです。
実在の人物・団体・事件などに一切関係ありません。

愛されベータに直情プロポーズ

★
★
★

天野悠真は十八歳の高校生。ごく普通のベータだ。

けれど兄の悠希はオメガで、ついこの間二人目の子供が生まれ、悠真の生活はますます忙しく、充実することになった。

高校三年の夏ということで本来なら大学受験でカリカリしているはずなのに、通っているのが大学の付属高校だからのんびりとしたものである。

就職に有利という話を聞いて法学部を希望学部にして、担任に提出してある。試験ではそれなりの成績をキープし、生活態度も真面目なので、ふるい落とされる可能性はまずなかった。

それゆえ、兄の子供たちを思う存分構える。

悠真の今の住居は二つあって、主に生活しているのは悠希の番である将宗の持ち物だというマンションの部屋だ。

二人ともに医師で忙しい両親に代わり、悠真の面倒を見てくれていた悠希が将宗の番となるときに、将宗が用意してくれたのである。

最上階は部屋が二つのみで、中の扉で行き来できるようになっている二世帯マンションだ。

悠真は両親の仕事が休みのとき以外は、ここで過ごしていた。

兄たちとご飯を食べられるから寂しくないし、なんといっても可愛い甥っ子がいる。義兄そっくりのアルファの将希に加え、兄そっくりのオメガの男の子の夏希までいるのだから、夜勤で誰もいない実家になど帰りたくない。

毎日将希と夏希の世話をし、賑やかに暮らしていた。

一学期最後の登校日を終えて帰宅した悠真は、シャワーを浴びて汗を洗い流し、兄たちのリビングに移動する。

今日は通知表をもらって終業式をしただけなので午前中の帰宅だったのに、平日にもかかわらず将宗が帰ってきていた。

珍しく来客がいて、金色の髪に青い瞳の、見るからにアルファのキラキラした男性だ。

（す、すごい美形……）

完璧に整った容貌は、美しいとしか言えないのにちゃんと男性的である。

それを豪奢な金色の髪と深みのある澄んだ青い瞳が引き立たせ、その気品のある佇まいとあわせて物語の中の王子様のようだった。

あまりの美形っぷりにしばし見とれてしまった悠真だが、慌てて気を取り直す。そして、その青い瞳に見覚えがあると思った。

（将宗さんによく似た目……将宗さんの親戚かな？　確か、お祖母さんがイギリス人って言ってたよね）

それ以外、外国人が兄たちの部屋にいる理由が思いつかない。

悪印象を与えてはいけないと、悠真はニコッと笑って英語で挨拶をする。

『初めまして。八神悠希の弟で、天野悠真です。よろしくお願いします』

『……』

返事がないので、もしかして発音がダメだったのだろうかと不安になる。

驚いたように目を瞠っていた男性が、大きく息を吸い込んだ。

『なんだこの可愛い生き物は！』

「ええ……」

『無駄に大きな目、ちんまりした鼻、プクプクの唇……なんて可愛いんだ！　私はライアン。ライアン・アングルシー。よろしくっ』

悠真の高校では英語教育に力を入れていて、美しい英語を話す教師もいる。おかげで日常会話には不自由しないと思っていたのだが、男性の言葉には首を傾げてしまった。

「ボク、けなされてる？」

「褒めてるんじゃないかな。可愛いって言ってるし」

「……おかしいな。ライアンは、こんな感じの人間ではないはずなんだが……祖母のほうのとこでね。出産祝いを届けにきてくれたんだ。私は何度か会ったことがあるが、イギリス貴族の子息らしく、貴公子然としたところしか見たことがないぞ」

「貴公子然？」

見た目は納得だが、いきなり可愛いと叫んだライアンにその名称は今一つ合わない気がする。何しろ悠真に駆け寄ってきたかと思うと、あちこちをペタペタと触られている状態なのだ。

「えーと……」

外国人がスキンシップ好きというのは知っているが、これは普通なのだろうかと固まってしまう。

悠真の代わりに、悠希が注意してくれた。

『あの……ちょっと。うちの悠真の頬をプニプニしないでください。手を揉み揉みするのもダメ！』

『可愛いんだ。やわらかいんだ。可愛いんだから、触りたくなって当然だ』

その理屈はおかしいだろうと、ライアンを除いた全員が思う。しかしライアンにとっては正論らしく、悠真の頬をムニムニと揉む手の動きは止まらない。

「将宗さん、なんとかしてください。全然、貴公子じゃないんですけど!?」

「本格的におかしいな。『――ああ、こら、触るな。こう見えて、悠真くんは子供じゃないぞ。十八歳の男子高校生だ』」

『十八歳!?　それは素晴らしい！　もう恋愛できる年齢じゃないか。あと何年我慢しなければいけないのかと考えていただけに、朗報だ』

『恋愛？　悠真くんはベータの男なんだが』

『ベータ？　こんなに可愛いのに？　マサムネの番はオメガなんだろう？』

『ああ。悠希はオメガだが、悠真くんはベータだ』

『ふーん。まぁ、いいか。幸い私は跡継ぎではないし、好きにさせてもらおう。こんな可愛い生き物がいるのに、我慢できるわけがない‼』

　二人の会話に、悠希と悠真は顔を見合わせる。

『ボク、ヒアリングはあんまり得意じゃないからかなぁ? この人、変なこと言ってない?』

『ボクは英語得意だと思ってたけど、やっぱり細かなニュアンスとか難しいかも。変なことを言ってる気がする」

　兄弟揃って困り顔をしていると、将宗が首を傾げながら頷く。

「二人とも安心していい。こいつは、変なことを言っている」

「やっぱり？　よかった。……いや、よくないけど」

「よくないねぇ。つまりこの人は、悠真に一目惚れをしたということかな？」

「そうらしい。なんとも面倒だ。由緒正しい伯爵家の次男が、日本人の男の子というのはな……オメガであっても大変そうなのに、ベータとなると……」

　頭が痛いと、将宗は額を押さえる。

「伯爵家⁉」

「あれ？　言っていなかったかな？　祖母はイギリスの伯爵令嬢だったんだよ」

「イギリス人としか聞いていませんでした。……えっ、じゃあ将宗さん、伯爵の孫？」

「いや、ただの伯爵の曾孫だね。爵位を継いだのは祖母の兄で、祖母は日本に住んでいるし、あまり関係ないかな。祖父との結婚を反対されていたこともあって、祖母は実家とは疎遠だったしね」

今でさえ、イギリスの伯爵令嬢が日本人に嫁ぐとなれば反対される気がする。将宗の祖母の時代なら、縁を切られるくらいの覚悟が必要だったに違いない。

「でも、イギリスのお祖父様は将希の出産祝いを贈ってくれたし、夏希のためにわざわざライアンさんも日本まで来てくれてますよ？」

「ライアンは、ついでに観光するためだろう。滞在十日は、普通にバカンスだ。どこに行こうか考えていたときに、夏希の話を聞いたんじゃないか？」

「なるほどー」

確かに、十日間の滞在は長い。社会人なのに、そんなに夏休みが取れるのかと感心した。

去年の将宗の夏休みは三日。週末と合わせて五日で、グアムに行ったのだ。

楽しかったな～と思い出しながら、悠真は会話中もずっと自分を触っているライアンに困ってしまう。

「あの……この人、まだボクの顔やら手やらをプニプニしてくるんだけど……」

『ライアン、悠真くんから離れろ』

『スベスベで、やわらかくて、気持ちがいい……日本人の肌はきめ細かいと聞いたことがあるが、本当だったな。素晴らしい』

男同士でも、これは立派なセクハラだよなぁと思う。

実際、いつもおっとりと穏やかな悠希の目が、少しばかり吊り上がっていた。

『確かめるだけなら、もう充分でしょう？　離してください』

『どうにも、離れがたい。結婚しよう！』

「………」

「………」

「………」

突然のプロポーズに、ライアン以外がカチンと固まってしまう。

しばしの沈黙ののち、ようやくのことで悠真は信じられない思いで呟く。

「……い、今、『結婚』って言った？」

「……言ったな」

「……言ったね」

「やっぱり、『結婚』で間違いないんだ……聞き違いかと思ったのに……」

ライアンが口を開くたびに自分のヒアリング能力に自信がなくなっていくが、どうやら問題ないらしい。問題なのは、ライアンの発言のほうだった。

『ちょっと意味が分からない。ボクはベータなので、結婚できません』

『同性婚ができる国に移住すればいいだけだ。問題ない』

『いや、問題ありまくりでしょう。何、そのぶっ飛び発言』

その言葉に、悠希が「ああ」と言ってポンと手を叩く。

「将宗さんと同じことを言ってるなぁ。そういえば将宗さんも、初めて会った日にいきなりプロポーズしてきたんだよね。講演で目が合っただけなのに……まだ話もしてなかったのに……そういう血筋？」

「えっ、そうなの？　お互いに一目惚れして～とは聞いてたけど、一言目がいきなりプロポーズ？　それ、ヤバい人じゃん」

「ライアンさんも同じだよ？」

「えー……でもライアンさんは、いきなりプロポーズっていうわけじゃないし。一応、紹介されてからだから……将宗さんは、自己紹介する前にだろ？」

うっとりするようなキラキラの王子様具合に、ついライアンを庇ってしまう。何しろ言動はともかく、夢に見そうな美形っぷりなのだ。

「そうだけど、似たようなものじゃないかなぁ。五十歩百歩っていう気がする」

「まぁねー。やっぱ血筋？　猪突猛進一族かぁ」

悠真と悠希の会話に渋い表情をしていた将宗が、言い訳を始める。

「否定できないが、あんなことをしたのは後にも先にも悠希のときだけだとは言っておく。基本的には冷静なほうだ。特にライアンは貴族だからな。何があっても取り乱してはいけないと教えられているはず……なんだが」

「この人、まだ触ったままだよ。これは、取り乱しているうちに入らないの？」

「充分、入るだろう。私もライアンとは二回しか会ったことがないからな……。うち一回は挨拶程度、二回目は祖母の付き添いとして伯爵家に一週間ほど滞在させてもらったが……こんな人間ではなかったぞ」

「う〜ん……」

理解できないと三人で首を捻（ひね）っていると、ライアンにツンツンと頬を突かれる。

『日本語は分からない。英語で話してくれ。ちなみに、ユーマの好きな食べ物は？』

『ええっと……ハンバーグとか、エビフライとかの洋食系？』

『好きな色は？』

『青と黄色かなぁ。オレンジも好き』

『趣味は？』

『海外ドラマと、将希のお世話？』

怒涛（どとう）の勢いであれこれ聞かれ、悠真は戸惑いながらも答えていく。

何しろ相手は年上で、将宗の親族でもあり、イギリスの貴族だ。兄のことを好意的に受け止めてもらいたい気持ちもあり、変な人だと思っても邪険にはできない。

『好きな人は？　恋人はいるのか？』

『どっちもいません。男子校だし』

『それはよかった。やっぱり好きだっ。結婚しよう』

『やっぱり意味が分からない……』

悠真は、恋愛に関してひどく奥手だった。子供っぽい雰囲気のせいか、女の子に相手にされないのである。

むしろ同性に好かれるタイプのようなのだが、さすがに面と向かって可愛い、好きだと言われるのは初めてだ。ましてやプロポーズされるなど、考えたこともない。

それが金髪碧眼の王子様のようにキラキラしたアルファ男性で、しかも伯爵家の子息となると、将宗が仕掛けたドッキリなのではないかと疑うレベルだった。

もちろん将宗がそんなことをするはずがないし、たぶん本当なんだろうと思うものの、やっぱり喜びより戸惑いのほうが大きい。

どうにも突然すぎて、頭がついていかなかった。

「ええっと、将宗さん……この方は、惚れっぽくてしょっちゅうこんなふうな告白をしてるとか？」

「いや、仕事中毒の、独身主義者と聞いている。イギリス貴族らしく、カチカチに堅いイメージだったんだが……」

「全然違うような……」

「全然違うね……」

ライアンは悠真の手を掴んだまま離さず、ずっと揉み揉みしたままだ。どこからどう見ても、カチカチに堅い感じではない。

三人ともにしょっぱい表情になり、将宗がハーッと大きな溜め息を漏らす。

「とりあえず、座って落ち着こうか」

「はい」

悠真がこの部屋での定位置である一人掛けのソファーに移動しても、ライアンはついてくる。しかもヒョイと持ち上げられたかと思うと膝の上に座らされ、ワタワタと慌ててしまった。

『あわわ』

『……軽いな。ちゃんと食べているか？　だが、肉付きが悪いわけではないようだ』

『ちょ、ちょっと！　下ろしてっ』

『骨が細いのか？　やはり、骨格からして華奢なのか？　うーむ……腕にすっぽりと収まって、いい抱き心地だ』

『おーろーしーてーっ』

そこに家政婦の上野と、昼寝から起きたらしい将希がやってくる。

「ゆーまちゃ」

パッと笑顔を浮かべてトテトテと駆け寄ってくるのが可愛い。悠真はライアンの手をバシバシと叩いてなんとか抜け出し、将希をギュッと抱きしめる。

「ただいまー」

「おかーりー」

三歳になる将希はまだ小さくてやわらかいが、ずいぶんと重くなってきた。アルファの子供は成長が早く、同じ月生まれの子たちと比べても頭一つ分大きい。

悠真にはもう抱っこが大変なので、しゃがみ込んだままギュウギュウと抱きしめた。

「がっこ、おわり?」

「そうだよ。もう、夏休み。嬉しいな〜」

生まれたての夏希がいるから旅行には出かけられないが、甥っ子たちを構いまくったり、録り溜めてあるドラマを一気観できたりするのを楽しみにしていたのだ。

新生児のお世話を手伝いながら、ダラダラする夏休みも悪くないと思っていた。

「……さて、そろそろお昼ご飯、作ろうか」

「そうだね。将宗さん、将希をよろしく」

「ああ」

将宗は将希を抱き上げてソファーに座らせ、テレビを点ける。そして有料チャンネルの子供番組を選んだ。

「今日のお昼は何にする？」

「熱いから、冷やしそうめんはどうかな？　昨日の残りのローストビーフに揚げ野菜でもつければ、ボリューム的にも問題ないと思うんだけど」

「確か、ナスとピーマンと……あと、何があったっけ？」

冷蔵庫の中身を確認しつつ、上野と三人で協力して昼食作りを始める。

大きな鍋で湯を沸かし、薬味を切ったり、野菜を揚げたりとそれぞれが手際よく動いた。

たくさん食べる将宗と、たくさん食べそうなライアンがいるから、相談して二人の分はそうめんを二把（にわ）煮ることにする。

薬味切りとローストビーフ切りをしていた悠真は、作業している間もずっとライアンの視線を感じ、少しばかりギクシャクしてしまう。

ライアンは、スクリーンや雑誌の中でしかお目にかかれないような美形だ。将宗も美形だが、ライアンのような王子様的な雰囲気ではない。しかも伯爵家の子息だというから、やはり醸（かも）し出す気品があるのかもしれないと思う。

そんな殿上人（てんじょうびと）みたいな人に可愛いと言われ、いきなり結婚しようと言われたのが信じられなかった。

けれどライアンは一瞬たりとも悠真から視線を離さず、熱い瞳で見つめ続けている。

（や、やりにくい……）

どうにもソワソワし、浮き足立つ感覚。ともすれば気が散りそうになる中、悠真は料理に集中しようとがんばった。

三人でやればあっという間で、配膳と片付けに分かれて昼食を整えていく。

ダイニングテーブルに作った料理や薬味などを並べていって、飲み物は何にするのかと迷う。いつもなら昼はムギ茶だが、今日は平日にもかかわらず将宗がいるし、ライアンもいる。

「将宗さん、今日、もう仕事終わり？　お茶じゃなくて、ビールにする？」

「ああ、いいな」

「ライアンさんは、どうしよう？　ええっと……シャンパンとかワイン？」

貴族のイメージとなると、その二つが頭に浮かぶ。そして、ワインはともかく、シャンパンはあるのかな……そうめんと合うのだろうかと心配になった。

「そうめんならビールでいいと思うが……『ライアン、ランチの飲み物は何がいい？　そうめんにはビールが合うと思うんだが』」

『そうめん？』

『ヌードルの一種だ。野菜の素揚げなんかがあるから、ビールに合う』

『それでは、ビールで。日本のビールも好きなんだ』

『ああ、イギリス人はビール好きが多かったか。フィッシュ&チップスとビールは、イギリスでは珍しくあまり外れのないメニューだものな』

その言葉に、ライアンが顔をしかめる。

『最近は、旨い店も多いぞ。……まずい店のほうが多いのは否定できないが』

『基本、食材を加熱しすぎるお国柄だからな。朝食の目玉焼きが油まみれでカチカチに焼かれていたし、ブロッコリーはフォークで刺すとポロポロ崩れたな……』

『食中毒にならないための、安心安全調理だからな』

その会話を聞きつつ昼食の支度をしていた悠真は、首を傾げる。

「イギリスって、ご飯まずいの？」

「そう聞くね。大学の友達も、スコーンとフィッシュ＆チップスで耐え忍んだけど、フィッシュ＆チップスはベタッとしてまずい店もあるし、飽きるからきつかったって言ってたよ」

「へー。ヨーロッパは美味しいイメージなのにね」

「フランス、イタリア、スペイン……うん、美味しいイメージだね」

「イギリスは島国で、地続きじゃないからかな？　不思議」

片付けを簡単にすませ、飲み物も揃ったところで席につくことにする。

期待に満ちた顔でポンポンと自分の膝を叩くライアンを無視し、悠真は反対側に座った。

「それじゃ、いただきます」

将宗とライアンのそうめんは大盛りで、小鉢に割り入れた麺つゆをつけて食べる。素揚げにした野菜とローストビーフは、好きに取れるよう大皿盛りだ。

悠真はミョウガと小ネギをつゆに入れ、素揚げを取ってそうめんを啜る。

『ライアン、箸は使えるか？　薬味は好みがあるから、少しずつ取って試してみるといい』

『分かった』

ライアンは妙に真剣な顔で薬味を入れ、そうめんを食べてはうんと頷く。

多少のぎこちなさはあるが、きちんと箸を使えている。シソ、ミョウガ、小ネギ、ワサビと試し、四つともたっぷり入れて素揚げとそうめんをバクバク食べた。

『ライアンさん、箸使い上手』

『ライアンでいい。……箸は、中華のデリバリーで慣れた。それと、すごく旨い創作和食の店があって、お気に入りだからかな。その店のヌードルといえばソバだから、そうめんは初めてだ』

『創作和食って、普通の和食とはちょっと違うよね？　しかもそれが外国となると、どんな感じなのか想像がつかない……』

『その店は、私も行ったと思う。和食ベースに洋風アレンジがされている感じかな。カツオだしや醤油、味噌は控えめだが、あれはあれで旨かった。イギリスで食べたものの中で一番かもしれない』

『あれは、和食とは違うのか？』

『欧米人好みにアレンジしてあるからな。ソバのつけ汁も、これとは少し違っていただろう？』

『ああ、そう言われると、こんなに魚の匂いはしなかったかもしれない。薬味もネギだけだったかな』

二人は体格に見合った食欲旺盛さで、山盛りのそうめんが見る見るうちに減っていく。悠希が盛った皿を見て、こんなに食べられるのかと疑問だったが、二人の活躍でたっぷり作った素揚げやローストビーフも綺麗になくなった。

『素晴らしく美味しかった。家でこんな料理が味わえるとは……料理人として雇いたいくらいだ』

『野菜は揚げただけだし、麺つゆも市販品なんだけど……。ちょっとお高いだけあって、美味しいんだよね。……そういえば、ローストビーフはイギリスの名物料理じゃなかったっけ？』

その言葉にライアンは頷く。

『ローストビーフは外れのない、ありがたい料理だ。我が家でもよく出されたな。嫌いなのは、ウナギのゼリー寄せだ。生臭くてまずい』

『え？　ウナギ、美味しいよ。すごくお高いけど』

年に二回か三回のご馳走として楽しみにしている悠真なので、ウナギをまずいというライアンが理解できない。

そしてその疑問に答えてくれたのは、渋面の将宗だ。

『ウナギの蒲焼きと、イギリスのゼリー寄せはまったく違う。あれは、本当に生臭いんだ。それに、泥臭い……。ハギスと甲乙つけがたいまずさだった……』

『ハギスって何？』

『羊の腸詰めだ』

『羊の腸詰め？　別にまずくなさそうだけど』

『いや……猛烈に臭いんだ……日本で食べる羊料理とは全然違う。どうしてあんなに臭いのか、理解できない。厚意でイギリスの名物料理を注文してくれているのは分かったが、どこまで残していいものかという葛藤との闘いだった』

『それはきっつい……ボク、イギリスって行ってみたかったんだけどなぁ。そんなにまずいのか……』

　料理がそんなにまずいとなると、滞在するのはつらいかもしれない。事前にしっかり調べていかないと、まずい店に当たる確率は高そうだった。

『いや、待て！　ちゃんと旨い店もある。ウナギやらハギスなんていう好き嫌いの分かれるものでなければ、結構いけるぞ。ローストビーフやミートパイは旨かっただろう？』

『ああ。ウナギとハギスのあとだっただけに、素晴らしく美味に感じた。……しかし冷静になってみると、あの店のローストビーフよりうちのほうが旨い気がする……』

『うっ……否定できない……。さっき食べたローストビーフは、素晴らしかった。軽くサシが入っているのに肉の旨味が濃く、やわらかかった。焼き加減も絶妙だが、やはり素材の違いか？　神戸牛とか？』

『いえ、あれは将宗さんのお母さんがお裾分けしてくれた松阪牛です。日本では、神戸牛よりメジャーかもしれないブランド牛です。高いので、あんな塊は自分ではなかなか買う勇気が出ません』

悠希の言葉に、悠真もうんうんと頷く。

『普通の国産牛でもなかなかのお値段なのに、松阪牛だもんね。あれ、二キロくらいあった気がする……いくらなのか考えるのが怖い』

『でも、すごく美味しかったから、また作ろうか。……普通の国産牛で』

『だね。今度は、ソースを二種類作ろうよ。グレービーソースの他に、醤油ベースのも欲しいな。ワサビでさっぱり食べたい』

悠希とそんなことを話していると、ライアンが目を輝かせて聞いてくる。

『ユーマは、料理がうまいんだな。どんなのが得意なんだ？』

『普通の家庭料理ですけど……あ、でも、日本は家庭料理の定義が広いかも。和洋中にパスタ、カレー……インド式とタイ式も作るから、カレーだけでも三種類か』

『イギリスも、カレーは旨いぞ。タイのはココナッツミルクが入っていて甘みがあるが、日本式はどんなのなんだ？』

『んー……もったりしてます。インド式ほどスパイシーじゃないし、タイ式ほど甘くない。作るの簡単だし、美味しいですよ。気に入ったら、ルーを買って帰るといいかもしれません』

『私は料理をしないからなぁ』

『材料を炒めて、煮て、ルーを入れるだけですよ？　小学生の家庭科で習うレベルだから大丈夫だと思いますけど』

『そうか……』

食器を片付けながら会話をしていて、再びソファーのほうに移動する。いつもなら食後はコーヒーが多いのだが、今日はライアンに合わせてみんな紅茶だ。

一人掛けのソファーに座るとライアンもついてきて、肘掛け部分に腰を下ろす。

『うーむ……』

ライアンは悠真の頭を撫で、髪をいじりながら何やら考え込んでいる。

『どうかしました？』

『……いや、別に。それより、ユーマの高校が休みの日に、観光に付き合ってくれないかな。明日は土曜日だが……日本の高校は休みか？』

『もう夏休みだから平気ですけど……』

『それは素晴らしい！　なんて、いいタイミングなんだ。やはり運命か⁉』

『………』

いちいち言い返すのも面倒になって、悠真は無言で受け流す。

『観光って、どこに行きたいんですか？』

『そうだな……東京は、浅草と銀座、上野の美術館、都庁が観たい。昨日、日本に着いてね。原宿と表参道はもう観たんだ』

『原宿は分かりますけど、表参道？』

『凝っていて、面白いビルがいくつもあるからな。私は建築士なんだよ』

『へぇ……』

『ユーマがもう夏休みだというなら、京都と大阪にも付き合ってくれないか？』

『大阪はともかく、京都は宿が取れない気がします……』

『もう、取ってある。京都と大阪、全部違う宿だ』

『全部違う宿ですか？』

『私はホテルの設計もしているんだ。いろいろ泊まって、どんな造りか見てみたい』

『なるほど……』

『大阪のホテルはスイートとジュニアスイートだし、京都の宿は人数を増やすのは難しくないと思ったが。布団で寝るんだよな？』

『ああ、まぁ……旅館ならそうか……スイートって一番高い部屋？』

『そうだな。私の場合は仕事の延長線上だから、ホテル代は経費だ。気軽に旅行気分で来てくれないか？　もちろん、通訳代として旅費は私が持つから』

『え……いや……うーん……』

まだ新生児の夏希がいるから今年の夏は家族旅行の予定がないし、京都と大阪は魅力的だ。建築士だというライアンがこだわって取ったのならいい宿ばかりなんだろうなぁと思うと、心がグラグラと揺れる。

けれど相手は会ったばかりで、いきなり結婚してくれと言ってきた人物である。さすがに頷くわけにはいかなかった。

『あの……』

断ろうと口を開いたのを察したのか、すかさずライアンがとても困った顔で言ってくる。

『日本語は、「こんにちは」と「ありがとう」しか分からない。電車に乗ろうとしたものの、路線図が難しすぎて分からなかったんだ。六本木のホテルから、原宿に行きたかったんだが……』

『ああ、ＪＲと地下鉄が入り交じってるから……』

『路線図を理解しようと見ていたら、女性に声をかけられた。親切だなと思ったら、自分も原宿に用があるからお茶でもどうかという誘いだった……』

『イケメンめ……』

『実は、声をかけられたのは初めてじゃない。昨日着いて、三人だ。原宿は積極的な女性が多いな。それと、何度か隠し撮りをされた気もする……そういうわけで、通訳と虫除けを欲している』

『ううーん……』

わりと切実な理由だった。一目でアルファと分かる飛び抜けた美形は、のんびり観光もできないらしい。

『タクシーでも、英語が通じなかった。京都ではタクシーを貸し切りにする予定だが、少々不安だ』

『京都は外国人の観光客慣れしているから大丈夫な気がしますけど……』

『もちろん、一番の理由はユーマと一緒にいたいからなんだが。ユーマのことを知りたいし、私のことも知ってほしい。それに、一人での食事は味気ないだろう？　ぜひお願いしたいな』

『ああ、はい、それはそうですよね……』

甘えん坊で寂しがり屋なところのある自分を知っている悠真は、その言葉に同意する。

将宗が悠真のために自分たちのマンションの隣の部屋を与えてくれたのも、医師で忙しい両親の家に悠真を一人で置いておきたくないと考えた悠希のためだ。

おかげで一人で食事をしなくてすんでいるし、甥っ子たちは可愛いしで賑やかな毎日を過ごさせてもらっていた。

だからこそ、自国ではなく、言葉も風習も違う日本で、一人で食べるのは寂しいだろうと同情する。

『ユーマが可愛くて、結婚してほしいというのは確かだが、ユーマの同意なしで不埒な行為をしたりしないと、家名に誓う』

『いや、でも、うーん……』

同性に声をかけられたことがないわけではないので、警戒心はそれなりにある。

家名に誓ってまで手出しをしないと言うのなら信じてもいいのかもしれないが、問題はライアンがとても魅力的なアルファということだ。キラキラと眩しいライアンとずっと一緒にいて、好きになってしまったら困るという不安がある。

アルファには魅了の力があるなんていわれているし、そんな相手に好意を向けられたら好きになってしまいそうな気がした。

けれど兄はオメガでありながら、両親ともにベータということで将宗の父親に結婚を大反対された。アルファとオメガの出会いのためのパーティーでも、ベータ因子が強いと知ると、番を前提とした誘いはなくなったらしい。

オメガの兄でさえそれなのに、悠真はベータだ。一人息子だった将宗とは違って次男とはいえ、イギリスの伯爵家の子息――好きになっても悲しい目に遭う予感しかしなかった。

でもライアンには興味があって、旅行もしたくて……とうんうん唸っていると、将宗が苦笑しながら言ってくる。

「それだけ悩むということは、行きたいんだろう？　今年の夏は旅行できないし、行ってみたらどうかな」

「将宗さん⁉」

悠希が何を言うんだと、驚きの表情で将宗を見る。その声に非難の色があるから、どうやら悠希は反対らしい。

「家名に誓うと言った以上、ライアンは無理強いをしたりはしないだろう。伯爵家の名は、重いからな。それにうちに来るというので少し調べさせたが、品行には問題のない人物だ。恋愛関係は割り切ったスッキリしたもので、『氷の王子』と呼ばれていたらしい。こういう人間が熱くなると厄介だぞ」

「だったら、なおさら旅行なんて！」

悠真を心配する悠希が将宗に非難の声をあげると、将宗は困った顔でさらに言い募る。

「下手に引き離そうとして拗らせたら、面倒なことになりかねない。アルファの我欲は恐ろしいものがあるからな。私だって、もし悠希に逃げられたり、他の男を好きだと言われたりしたら、監禁していたかもしれない」

「……はい？」

「もちろん、悠希のために快適な住居を用意してからだが。外に出られない、連絡できない以外は不自由をさせないつもりだ」

「……」

複雑な表情で無言になる兄に、悠真もブルリと震える。

監禁なんていう犯罪行為を、堂々と主張する将宗が信じられなかった。

「怖っ！　アルファ、怖すぎる。兄さんを監禁するつもりだったなんて！」

「もし相手にされなかったら、の話だ。愛する人を、他の男に渡せるはずがないだろう」

「えー……」

当たり前といった感じで言われ、ベータとオメガの兄弟は引いてしまう。

アルファの思考回路が自分たちと違うのは知っていたが、監禁を普通のことのように言うのはどう考えてもおかしいだろうと思った。

もし兄に他に好きな人がいたら、人知れず監禁され、二度と会えなかったのかもしれないと思うと、両想いになってくれてよかったとしみじみ感じる。兄への溺愛がひっくり返るとひどいことになるのだと、アルファの怖さを思い知らされた。

それと同時に、自分の身にも降りかかるかもしれないと思い至ってまた震えた。

「ええっと……将宗さんは、ライアンさんも同じ……だと思います？」

「分からないが、少し似ているものを感じるというか……可能性はあると思う。私も悠希に会うまでは興味を引かれる人間に出会ったことがなく、一目で惹かれた悠希にその場でプロポーズしただろう？」

「確かに、似てるかも……っていうか、猪突猛進具合が同じ……」

「あのときのカッカとした自分に接近禁止を言い渡したら、まずいことになる気がするんだよ。少し熱を冷まさないと……『ライアン、旅行の日程はどうなってるんだ？』」

『明々後日から京都に三泊、大阪二泊だ。それまでは東京観光をする』

『なるほど……悠真くん、とりあえず東京観光に付き合ってあげてくれないかな？　それで大丈夫そうだったら、旅行に同行するのもありということで』

『えぇっと……はい、そうします』

下手に逃げようとして、いきなり監禁コースは怖い。

そんなバカなと笑えないほど将宗は真剣だったし、ライアンは今もずっと肘掛けに座って悠真の髪を指で梳いたり手を揉み揉みしたりしている。まさかの事態がないとはいえない感じだった。

さすがに旅行はハードルが高いが、東京観光なら気軽だ。それに、住んでいるとわざわざ観光したりしないものなので、楽しいかもしれないと思う。

『行きたいところって、決まってる？』

ライアンはものすごい美形で、アルファで、貴族だけれど、それ以上に変な人……という認識だ。観光に付き合うことも決まったし、もうがんばって丁寧な話し方をしなくていいかと気を抜いた。

『上野の国立博物館と国立西洋美術館、銀座プレイスに都庁、浅草文化観光センターは外せない。東京駅は、新幹線に乗る前に見られるし……』

『ん？　それ、どういうチョイス？　銀座プレイスと浅草文化観光センターが分からない……』

『どちらも面白い建物なんだよ。他も、観光というより建物目当てでね』

『ああ、建築士だから……じゃあ、普通の観光はなし？』

『いや、日本は初めてだから、近場で組み合わせられたらお願いしたい。ただ街を歩いているだけでも面白いしね。建物や雰囲気がロンドンとは全然違う』

『ライアンは、どういうのを設計してるの？』

『イギリスでは、まぁ、イギリスっぽいものを。保守的な国だし規制も多いから、その反動なのか、国外では鋼鉄とガラスの、イギリスでは許されないものが多いかな』

『う〜ん？』

鋼鉄とガラスと言われてもピンとこない悠真に、将宗がうんうんと頷きながら言う。

『ライアンの設計するビルは、現代的だがシックで重厚感があると評価が高いぞ。私はニューヨークのホテルに泊まったことがあるが、あれはよかった。たしか、何かの賞を取ったんじゃなかったか？……ほら、これ』

将宗がスマートホンで検索してくれた画像を見せられる。

『わー、格好いい』

いかにもニューヨークらしい先鋭的なデザインで、幾何学模様にガラスと大理石、原色のパネルを組み合わせた外観が目を引く。

『ああ、これは私の仕事の中でも、一番とんがったデザインだな。他のは、もっとおとなしいよ』

ライアンはそう言って自分のスマホを取り出し、写真をいろいろ見せてくれる。

『おおー。確かに、現代的なのにシックで重厚……高級感があるなぁ。どれも格好いい』

すごいすごいと見ていって、悠真はライアンに尊敬の目を向ける。

将宗の親戚で伯爵家の子息というしっかりした身元にもかかわらず、どうにも怪しくおかしな人という警戒心をグッと下げる結果となった。

『日本でインスピレーションを得たら、日本風味が加わるかもしれないんだ……楽しみ。ボク、張り切って案内するね。ええっと……行きたいところは、都庁と浅草、上野に銀座だっけ……それを、明日と明後日で。どういうふうに回ろう』

ライアンが東京観光に使えるのは二日。効率的に回らないといけない。

『上野と浅草はそう遠くないぞ。それに谷中（やなか）、根津（ねづ）辺りの下町は外国人に受けがよくて、食べ歩きもできると聞いたことがある』

『ふんふん。上野、浅草、谷根千（やねせん）ってやつだね。それじゃ、都庁と銀座の組み合わせでっと』

スマホのメモに入力して、あとで詳しく調べることにする。

するとと悠希も、おすすめスポットを言ってくる。

『渋谷のスクランブル交差点は？　確か、外国人に大人気だよね。それに新しいビルもたくさんできているんじゃなかったっけ。都庁と銀座の日に組み込んでもいいかもよ』

『ああ、テレビで見た。外国人が選ぶ、東京でよかったところベスト10に入ってたっけ。それじゃ、渋谷も追加して……ライアン、ホテルはどこ？』

『六本木だ』

『電車移動がいいんだよね？』

『タクシーを使ってもいいが、できれば電車に乗りたい。どんな感じか体感したいんだ』

『分かった。どう回るのがいいか、考えておくね』

『ありがとう』

嬉しそうに笑いかける顔が眩しい。完璧に整った顔が作り物のように美しいだけに、その笑顔は拝みたくなってしまうほどだ。

それなのにライアンの手は悠真の頭を撫でていて、悠真は平静でいられず困ってしまった。

好きだと言い、いきなりプロポーズしてきた美しいアルファ――悠真を見つめる日は甘く、触れる手つきは優しい。

気をつけないと、流されてしまいそうだと気を引き締めた。

★
★
★

翌日は、悠真がライアンのホテルまで迎えに行く。

ライアンはマンションに来ると言ったのだが、ライアンの泊まっているホテルの名前を聞いて、見てみたいと思ったのだ。

六本木の高級ホテルなんて、高校生の悠真ではそうそう足を踏み入れられない。

ドキドキしながら中に入って、キョロキョロしないように気をつけながらホテルの中を見回す。

（いかにも高級～。ホテル、大好き）

この、非日常感がいい。

この夏は旅行に出かけられないから、夏希を上野に見てもらって、ホテルのランチを食べに来るのもいいかもしれないと思う。

お兄ちゃんになった将希は弟を可愛がっているが、手のかかる赤ん坊に悠希を取られてしょんぼりしていることがあるのだ。たまには両親にしっかり構ってもらうお出かけが必要な気がした。

本当は悠真も遠慮したほうがいいのだろうが、ホテルランチにはぜひ行きたい。その代わり、将希と夏希を預かって、夫婦二人の時間をなるべくたくさん作ってあげようと思う。

(このホテルは、子供連れの雰囲気じゃないかな? ランチなら平気かも……ビュッフェあるかな~)

こういう高級ホテルに堂々と入れるのはちょっと嬉しいと思いながらフロントでライアンの名前を出すと、ロビーのカフェにいると案内される。

新聞を読みながら紅茶を飲んでいるだけなのに、やけに優雅だ。俯いた顔もやはり美しく、キラキラしているように見える。

ごく普通のシャツとパンツなのに、仕立てがいいのか上品で高級そうだった。

悠真が声をかけるとライアンは顔を上げ、パッと目に眩しい笑顔を浮かべた。

(美形の威力、半端ない……)

直撃を受けた悠真はダメージを食らったし、案内してくれたホテルマンやまわりの女性客まで顔を赤くしてポーッとなっている。

将宗というアルファの義兄を持つ悠真が一番慣れていて、グッと気持ちを立て直すとホテルマンに礼を言ってライアンの向かいに立つ。

『おはよう。もう、出られる?』

『ああ、大丈夫だ。その服、可愛いな。悠真に似合ってる』

『あ、ありがとう』

お気に入りのチェック柄のシャツをライアンに褒められ、悠真は照れながら礼を言う。

ライアンは新聞をテーブルに置いて立ち上がり、ホテルを出る。

まずは地下鉄で、浅草だ。ライアンが行きたいと言っていた文化観光センターは木を積み重ねたような変わった造りで、建築には素人(しろうと)の悠真も「へー」と感心する。

「確かに、面白い建物。造るの、面倒くさそう……」

ライアンは、興奮して写真を撮りまくっている。望遠レンズも使って、細部まで写真に収めているらしい。

ようやく満足したところで中に入って案内を待っている列に並び、ライアンが建築士だと伝えて写真を撮っていいか聞く。

どうやらこの建物は有名なようで、慣れた様子で注意事項とともに許可が下りた。

大喜びで再び写真を撮りまくるライアンを放って、浅草の観光案内のパンフレットを見ていると、この建物に詳しいという人が来てくれて、ライアンにいろいろ教える。

当然のことながら日本語だし、専門用語が多いので、悠真はスマホの翻訳機能を使いつつ四苦八苦しながら通訳した。

おかげで文化観光センターを出たライアンはとても満足気で、浅草寺(せんそうじ)を観光してから仲見世(なかみせ)通(どお)りを楽しむ。

悠真は、お土産に雷(かみなり)おこしと人形焼きを買った。

それから、天丼でランチだ。いろいろ調べてみたところ、外国人にはご飯に味のついている丼物やウナギなどが好評らしい。だから評判のいい店を選び、少し待つことになったもののライアンはとても気に入ってくれた。

浅草名物となっているメロンパンを食べる余裕を残しておくため、悠真が提供した大きなエビ一本もペロリと平らげ、ご機嫌だった。

それに大きなメロンパンも四分の三をライアンに食べてもらって、一つをお土産にした。

上野に移動し、博物館と美術館を梯子（はしご）する。

珍しい和風の建物の国立博物館に、フランス人が設計したという文化遺産にもなっている国立西洋美術館。

博物館と美術館の梯子なんて時間が足りないんじゃないかと心配したが、ライアンの目当ては展示物ではなく建物そのものなので、じっくり鑑賞するというわけではなくて助かった。まだ高校生で、芸術に興味のない悠真にとってはちょっとばかり退屈なのである。

展示品より、ライアンの行動のほうが面白いかもしれない。廊下や吹き抜けで立ち止まり、鞄（かばん）の中から双眼鏡を取り出して観察をしたり。

悠真には、いったい何がそんなに興味深いのか分からないところばかりだ。

美術館のカフェで休憩を取ることになり、椅子に座ると思わず『はー、疲れた』と漏れる。

浅草、博物館、美術館と、ずいぶん歩いた。おまけに真夏というには少し早いが、晴天でかなり気温が高いから体力が削られたのだ。

イギリス人のライアンには日本の蒸し暑さが応えるようで、建物の中に入るとホッとしていた。

『お疲れさま。ここまで、結構歩いたものな。暑いから体力も使うし。大丈夫か？』

『平気。座って、思わず出ただけだから』

『ここはカフェというより、レストランだな。どれも旨そうだ』

『最近の美術館のカフェは、オシャレで美味しいんだって。テレビで特集してたの、観たことある。でも、入館料を払わなきゃいけないし、料理も安くないし、学生にはちょっとハードルが高いかな』

『それもそうか。それに、時間を合わせる必要がある。今だと、せいぜいケーキセットだな』

『うん。美味しそう』

ケーキの種類は多くないが、展示物のイメージに合わせてデコレーションするという。

悠真は夏らしいブルーベリーのタルトを選んで、ライアンは紅茶だけでいいと言い、鞄の中からスケッチブックを取り出した。

シャカシャカと、迷いなく絵を描き始めるのを見ながら注文する。

『うわー、すごい上手』

『二年ほど、美術も習ったからな。イメージを伝えるには、言葉より絵のほうがいい。それに、写真撮影ができない場所では、こうして描きとるしかないだろう』

『なるほどー』

素早く描き出される絵を感心して見ていたが、ケーキが届くとそちらに注意が向く。

ブルーベリーのタルトは飴細工(あめざいく)とカシスソースとカスタードで綺麗に飾られ、カシスのシャーベットが添えられていた。

『なんのイメージか分からないけど、美味しそう。いただきます』

『今日の、メインの展示物だろう、それは。色合いが同じだ』

『ん？　……ああ、そう言われると……ライアン、すごいね。建物ばっかり見てたと思ってたのに、ちゃんと展示物も見てるんだ』

『個人の邸宅なんかだと、絵や彫刻をメインにして設計することがある。だから、それなりに興味があってね』

『へー。すごい贅沢(ぜいたく)。まぁ、でも、そんな絵を持ってること自体、すごいか。今一つ……二つ、三つ、想像がつかないけど』

わざわざそんなことをするのだから、相当な芸術品であると分かる。

悠真が知っている有名画家といえば、ゴッホ、ルノワール、ドガ、モネ――それって個人で所有できるのかな――というレベルである。富豪の世界はなんともすごいものだと驚くしかなかった。

話をしている間もライアンのスケッチは増えていき、悠真がケーキを食べ終える頃に『よし』と満足そうにペンを置く。

『すごいたくさん描いてたね。あれだけたくさん、詳細に記憶できるのは、さすがアルファ』

『慣れもある。あちこちで、同じことをしているからな。自然と覚え方のコツが掴めるんだ』

『コツじゃすまない量だった気が……』

屋上の明かり取りの窓と、吹き抜けのホール――変わった配置のコンクリート円柱。建物の構造的なものから、細かな意匠まで、たくさんの絵を描いていた。

悠真なら、吹き抜けのホールを描くだけで精一杯だと思う。

『それにしても……すごい視線を感じる。朝からずっとライアンは見られてて、大変だね』

『慣れている。……が、煩わしいのは確かだ』

『だよねぇ』

悠真も、ライアンに声をかけようとタイミングを見計らっている女性たちに何度か気がついた。そのたびにライアンは悠真に話しかけたり、場所を移動したりして躱していたのである。

悠真が気がついただけで三人はいたから、気がつかなかったのは何人くらいだったのだろうかと思う。うまく躱せずにいちいち声をかけられていたら、観光どころではなかったかもしれない。

たった三人でも、ライアンの絶妙なタイミングでの躱しは助かったし、苦労しているんだなぁと同情もする。

『通訳はともかく、虫除けになるのか疑問だったけど、連れがいるだけでも躱しやすくなるのは分かった』

『ああ。一人でいるより、ずっと楽になる。助かるよ』

フッと笑う顔が甘くて、悠真は一気に体温が上がるのを感じる。

「あぅ……」

ドキドキと心臓の音がうるさくて、キュッと痛むような気もする。アルファの笑顔は体に悪いと実感した。

そしてそれは悠真だけでなく、ライアンをチラチラと見ていた女性たちも同じようで、顔を真っ赤にして硬直している。

自分だけではないことにホッとしつつ、笑顔を向けられたのは自分なんだからという苛立ちも生まれる。

それは初めての感情で、悠真を困惑させた。

『さて、そろそろ行こうか。日本の商店街を楽しみにしていたんだ』

『……あ、うん』

その感情を突き詰めるのは、怖い気がする。

自分の中に生まれた何かへの追及をやめ、悠真は立ち上がった。

出口はどっちだろうと迷う手をさり気なく引かれて美術館を出ると、目を突き刺すような眩しさを感じ、ライアンはサングラスをかける。

『本当に、イギリスとは違うな。なぜ、こんなに暑いんだ』

『八月になったら、もっとすごいよ。……公園を通っていこうか。ちょっとマシだと思う』

外国人観光客に人気だというアメヤ横丁に行くのに、マップを見ながら公園の中を歩く。

『都会の真ん中に、これだけの広さの公園か……贅沢だな。そういえば、寺も敷地面積がずいぶんと広かったな』

『東京は、あちこちに大きな公園があるよ。それぞれ花の名所になっていたりするから、小さい頃はいろいろ行ったな。両親は二人とも医師ですごく忙しいんだけど、子供が小さいうちはまわりの人たちが協力してくれるんだって。その恩返しで、今、夜勤やなんかで大変だけど』

『ああ、だからマサムネのところに住んでいるのか』

『そう。両親が休みのときは家に戻って一緒に過ごすんだ。でも、家事が大変で。洗濯物が山盛りなんだよ。いいお小遣い稼ぎになるけどさ』

『……では、普段のユーマの保護者は、ユーキになるのか？』

『そうだね』

『ということは、旅行の許可を出すのもユーキか……何か贈り物をしないとな。ユーキは何を喜ぶ？　服か、バッグか？　それとも靴？　どこのブランドが好きなんだ？』

『ブランドって……』

贈り物のレベルが、いきなり高い。ブランド物の服やバッグは、恋人に贈るものだろうとあきれてしまった。

『そんなの贈られても困るだけだと思うけど……将宗さんも、他の男からの贈り物は怒りそうだしね。兄さんのことについては心が狭いから』

『それでは、何を贈ればいい？　保護者の好感度は上げておかないと』

『兄さんが受け入れやすくて喜ぶのは、食べ物かな。ケーキとか、デパ地下のお惣菜とか。もらって負担になるほどじゃないけど、贅沢で嬉しいものでしょ？』

『なるほど……ずいぶんと慎ましいんだな』

『うち、ベータ一族だもん。独身のときは毎日外食かデリバリーだったっていう将宗さんも、今は基本的に家食だからね。たまの外食や、デパ地下でお惣菜を買って食べるのは楽しいって言ってたよ』

『そういうものなのか……』

『そういうものなんです。小さい子がいるうちじゃ、外食はちょっとしたイベントだもん』

『ああ、子供がいるとそうなるか』

『お弁当を作って、公園で花見をするだけで立派なイベントだよ。サクラにフジにヒマワリ……足利のオオフジは感動ものだから、ライアンも五月くらいにまた来るといいかも』

『オオフジ……』

ライアンは首を傾げ、スマホで検索をする。

『……ああ、これか。何かで見たことがあるな。世界の絶景百の中に入っていた気がする』

『それは、納得。すごい綺麗だもん。昼間のオオフジも綺麗だけど、夜のライトアップされたオオフジは神秘的なんだよ。あれは、何度見ても感動するなぁ』

『それはぜひ見たいな。来年は、一緒に行こう』

『うん』

そうして着いたアメヤ横丁に、ライアンは目を丸くする。小さな店舗が連なる道は活気があり、その雑多さに驚いていた。

『これが、日本の商店街か？』

『いやいや、ここはちょっと特殊。戦後の闇市から発展した――とか読んだ気がする』

『ああ、闇市……だからこんなにゴチャゴチャしているのか』

『そうじゃないかな。でも、それが面白い雰囲気になってるよね。ボクも来たのは初めてだけど、楽しそう。スジコ、安いなぁ……このまま帰るんだったら買ってもいいけど、谷根千に行くからやめておいたほうがいいか。残念』

『別に、行かずに帰ってもいいぞ』

『ううん。ボクも楽しみにしてたんだよ。テレビでは観たことあるけど、行ったことないもん。買い食いって楽しくない？』

『あまりしたことがないな。あれは、あまり行儀がいいものではないだろう？』

『そうだね。観光地ならではのお楽しみかな。……あ、乾物屋さんだ。好きに選べて、三つで千円？　これ、お土産にしようっと』

たくさんの種類がある中から、将宗の酒の摘まみにホタテのカイヒモ。悠希には料理にも使えるというイカの干物。自分用にピリ辛のサキイカを選ぶ。

ライアンにとっては初めて見るものばかりで、おすすめを説明している店主がサキイカを試食させてくれる。

『むっ？　これは……旨い。甘辛くて、海の香りがするな』

『お酒の摘まみにいいんだよ。将宗さんはカイヒモのほうがお気に入りだけど』

『酒の摘まみか……いいな。それでは、今食べたのとカイヒモを二つずつ。あと二つ、ユーマが選んでくれないか？』

『了解』

店主に外国人受けする酒の摘まみを聞いて選んでもらうと、ライアンが悠真の分までさっさと払ってしまう。

『えっ、自分で出すよ』

『通訳料のうちだ。私だけなら、絶対に手を出さなかったからな』

ホテルに帰ったら、冷えたビールでこれらを食べるのが楽しみだと機嫌よく言われ、悠真は素直にありがとうと受け取ることにする。

こういうときは絶対に譲らないのは、同じアルファの将宗でよく知っていた。

この買い物で勢いづいたのか、ライアンは威勢のいい声を出しているチョコレート店で足を止める。

『彼は、何を言ってるんだ？』

『千円で、この袋いっぱい詰めちゃうよ～だって。アメ横の名物店の一つだと思う』

『千円であの袋いっぱい？　それは安すぎるだろう』

『確かに』

『だが、面白い。チョコなら摘まみになることだし、半分ずつにしよう』

そう言ってライアンが千円を店主に渡すと、店主は大きな声で一つずつチョコレートを詰めていく。

「はいはい、もっと入れちゃうよー。どんどん、もう一つおまけにドーンだ！」

これ自体が面白い見世物になっているので、まわりを歩いていた人たちが足を止めて見入っている。

パンパンに膨らんだ袋はいい客寄せになり、すぐに次の客が千円を払っていた。

『すっごい大漁。楽しかったー』

『面白い売り方だったな。あれは、店の人間を使ってたまにデモンストレーションをしたほうがいいんじゃないか？　売っているところを見せれば、次々に客が釣れそうだ』

『やってるかもね。ボクたちのを見て、他の人たちも買ってたもん。目の前で次から次へとチョコを入れられるのを見たら、それは買うよねー。すっごいお得だった』

ホクホクしながらチョコレートを半分分けてもらって、買い物を続行する。

『おっと、危ない』

店のほうを見ながら歩いていたせいで人にぶつかりそうになったのを、ライアンが肩を引き寄せて避けさせてくれる。

『ありがとう』

『ここは人が多いからな。スリにも気をつけないと』

『スリ……いるかな？　人が多いし、いるかも……』

今まで一度も被害にあったことがないし、まわりでも聞いたことがないから気をつけ方がよく分からない。

ライアンは首を捻る悠真に笑って言った。

『気をつけるのは、私のほうでしておくから大丈夫だ。ユーマは店を見ておくといい』

『ありがと。頼もしいなぁ』

自分には無理そうだとライアンに感謝して見物を楽しみ、安売りの菓子屋に入ると、ライアンにあれこれ聞かれながら定番のものを勧める。

ライアンはせっかくだからと籠(かご)いっぱい買って、ホテルに送るか将宗のところで預かってもらうか迷った末、カイヒモとバラエティパックを除いて将宗のところに宅配便で送ることにした。

悠真の荷物も一緒に詰めてもらったから、身軽になって谷根千へと向かえる。

下町の観光地として有名になっている谷中、根津、千駄木の三つの町は、猫の置物があちこちにあったり、買い食いしたりと楽しめる。

重要文化財となった神社もあり、縁結びということでライアンはおみくじを引き、お守りも買っていた。

大吉なだけに恋愛についていいことがズラズラと書いてあるおみくじを読まされるのは、なかなかの苦行だった。

何しろ、プロポーズされている身である。キラキラの笑顔で、『やはり私たちは結ばれる運命らしい』などと言われるのは心臓に悪かった。

家にいたときのようにベタベタされるわけではないのに、さり気なく誘惑されている気がする。

笑いかける顔、話しかける口調、人混みから守るために肩を抱き、腰を支える手にドキドキしてしまう。

番となった将宗が悠希に接するときはもっと甘くて、「仲がよくていいね～」と思っていたしまう。

のだが、直撃を受ける悠希も心臓に負担がかかって大変だったかもしれない。

古くて厳かな雰囲気は素敵だったけれど、よりによって縁結びなんて……と恨めしく思ってしまう。

だからこそ、賑やかな谷根千の街にはホッとさせられた。

ライアンにとって古い街並みは新鮮なようで、再びカメラが大活躍だ。それにたい焼きやコロッケ、メンチカツ、ソフトクリームと、片っ端から食べている。

悠真が胃袋の容量からコロッケにするかメンチカツにするか悩んでいるのに、ライアンは両方にハムカツまで追加するのだからうらやましい。

イカ焼きに焼き鳥を二本食べれば悠真はもうお腹いっぱいだが、ライアンはドーナツや煎餅、ウズラ卵のフライと絶好調だ。

『なんでそんなに食べられるの？』

『ユーマとは体格が違うし、これだけ味が違えば飽きることもない。どれも旨いしな』

『うう——……ボクももっと食べたいのに……』

『私のを、少しずつ食べているじゃないか』

『まぁね——』

ライアンに一口ずつもらっているから味見はできているのだが、目の前でバクバク食べる人を見ているといいなぁと思うのだ。

『うずらの卵のフライ、もう一本いくかな……ユーマも一つ食べるか？』

『食べる』

ライアンは追加でうずらの卵のフライを一本とコロッケと唐揚げを頼み、どちらも一口ずつ食べさせてくれる。

『うー……揚げたて、美味しい。お腹いっぱいだけど、やっぱり美味しい』

『うーむ……コロッケと唐揚げは、店によって味が違うんだな』

『コロッケはジャガイモと挽き肉の分量、味付けとかで変わってくるよ。唐揚げはうちでもよく作るけど、昨日のそうめんの麺つゆにレモンとハチミツを加えた味付け。簡単だけど、美味しいんだよね。将宗さんのお気に入りだから、ビジネスランチがない前の日に作って、お弁当に詰めるんだよ』

『弁当か……ロンドンにもできたぞ。唐揚げ弁当とサーモン弁当をよく頼む』

『へー。お弁当屋さん、あるんだ。しかも唐揚げとサーモンって、定番だね。美味しい？』

『ああ、とても。私の秘書は唐揚げに嵌まって、毎日のように食べている。私はさすがに飽きるから、他の店で買ってきてもらっているが』

あいつはサンドイッチを作って持ってきた日も、唐揚げを買ってきて食べていたと、遠い目で呟く。

『嵌まると長い人っているよね。ボク、チョコバーに嵌まって一週間ずーっと食べてたとき、いつ終わるんだろうって不安になった。ナッツとキャラメルぎっしりだから、体重と健康に悪そうで……』

『私も仕事が佳境のときは、チョコバーを齧りながらやっている。てっとり早く脳への栄養が摂れるからな』

『うーん、体に悪そう……』

『他のものも食べているから問題ない。……はずだ』

充分問題がありそうな感じだと思いながら、揚げ物で熱くなった体をかき氷で冷やす。

締めにもう一度違う味のたい焼きが食べたいと言われ、悠真も一口だけもらって買い食い終了となった。

『満足だ』

『たくさん食べたもんね。おかげでボクもいろいろ食べられて、お腹いっぱい。大満足』

それじゃあ帰ろうかということになったのだが、歩き疲れただろうからタクシーを使おうと言われる。

『あー……それは、ありがたいかも』

『私も暑さに負けそうだ。涼しいタクシーに逃げ込みたい』

二人は大きな通りに出てタクシーを拾い、マンションへと帰ることにする。

『ふぅ……涼しい』

『生き返るな。……悠真、今日は楽しかった。ありがとう』

『どういたしまして。ボクも観光らしい観光ができて、すごく楽しかった。わざわざ行かないところばっかりだもん』

『一日が終わるのが、あっという間だ。名残惜しい』

『ボクも……』

もともと人懐こいところのある悠真である。緊張していたのは最初だけで、すぐにライアンに慣れて観光を楽しむことができた。

嬉しくて、楽しくて、本当にあっという間に時間が過ぎ去ってしまった気がする。

『明日も付き合ってもらえるかな？』

優しく微笑まれながらの問いに、悠真はコクリと頷いた。


タクシーがマンションに着き、ただいまーと言って悠希のほうの部屋に入っていくと、悠希と将宗が夕食作りをしているところだった。

「あ、お帰り。観光、どうだった？　いろいろ回ったんだよね？」

『楽しかったよー。博物館は小学生のときに学校で行ったことあるけど、他は初めてのところばっかりだもん。それに、今日一日ですごく英語に慣れた気がする。習うより慣れろっていうやつ？　どんどん耳が慣れていくのが分かった』

『そうなんだ、よかったね。ライアンさんはどうでした？』

『どこもよかったが、アメ横と谷根千が面白かったな。どちらも活気があって、ワクワクした』

『ライアン、いっぱい買ったもんねー』

二人であそこがよかった、あれが美味しかったなどと言いながら荷物を置いて手を洗ってくると、悠希に聞かれる。

『商店街でご飯にするって言ってたけど、ご飯、どうする？　今日はカレーだよ』

『カレーかぁ……お腹はいっぱいなんだけど食べたい……三口くらいちょうだい』

『私は普通に食べたい』

ライアンの言葉に、悠真はギョッとする。

『あれだけ食べて、まだそんなに入るの⁉』

『いろいろ食べたのは確かだが、多めのオヤツみたいなものじゃないか。カレーのこの匂いは、なんともそそられる』

『いや、分かるけど……だからボクも三口食べたいんだけど……ライアンの胃袋、すごいなぁ』

『もう食べられるから、運んで』

『はーい』

悠希は急遽レタスを千切ってサラダを増量し、二人の分のサラダも作ってくれている。

鍋敷きをテーブルの真ん中に置き、その上にドンとカレーの鍋を置く。それからカレー皿にご飯をよそい、ライアンにはどれだけ食べるか聞きながら盛っていった。

『ライアン、ビールでいいか?』

『ああ、頼む』

飲み物やドレッシングも用意して席に座り、いただきますとスプーンを取る。

『おお、旨い。初めて食べるカレーだが、好きだな』

『それはよかった。これも、食べてみて。福神漬け……ええっと、スイートピクルスかな? カレーに合うんだよ』

『ほう……なるほど、ピリ辛なカレーに、この甘さがよく合っている。しかし、子供には辛すぎないか?』

『ん? ああ、将希のは、甘いお子様カレーだから大丈夫』

ライアンはその言葉に、将宗に食べさせてもらっている将希を見る。

『なるほど……色が違うな。私も、少し味見したいんだが』

『いいよ』

悠真は立ち上がって将希用の小鍋を掴み、少しだけライアンの皿によそう。

『んー……確かに、甘い。が、不思議とカレーだな』

『そうなんだよね。甘いけど、ちゃんとカレーなんだよ。これはこれで美味しいよね。辛いほうが好きだけどさ』

『ああ、確かに。一口二口ならいいが、飽きそうだ』

そう言ってライアンはバクバクと食べ、さらにカレーを足した。

『……ああ、旨かった。日本に着いてから、旨いものばかり食べているな』

『本当に食べきった……うらやましい胃袋だなぁ。あ、そうだ。お土産があるんだよ。雷おこしなんかは明日、ライアンの分と一緒に宅配便でここに届くけど、メロンパンとたい焼きは持ってきた。たい焼き、チンするね』

将希と半分こにしようと思ったので、買ったのは四つ。皿に並べてラップをし、電子レンジであたためた。

『はい、どうぞ。熱いから気をつけて』

将希をよいしょと抱き上げて膝に乗せ、たい焼きを割って齧らせる。

「美味しい？」

「おいしー」

「将希は、あんこ好きだもんね」

将希にたい焼きの頭の部分を持たせ、自分でも食べる。

『……うん。お腹いっぱいでも美味しいね。焼きたてのカリッと感がないのは残念だけど』

『この、しっとりも旨い。さっき食べたのとは違う味だな』

『これが定番なんだよ。でも、チーズやカスタードクリームも美味しかったでしょ？』

『ああ。知っている味なだけに、入りやすかった。そうか……こちらが定番なのか』

ライアンはペロリと一つ食べきって、明日もあるから帰るという。

『今日は、ありがとう。本当に助かった。明日は私が迎えに来るが、何時がいい？』

その質問に答えたのは、将宗だ。

『明日は都庁に行くんだろう？　せっかくだから、高層ビルでランチを食べるといい。私のおすすめの店を予約しておいたから……そうだな、十時くらいにうちに来るとちょうどいいと思う』

『分かった。ありがとう。それではユーマ、また明日』

そう言ってライアンは、悠真の頬にキスをしてにっこりと笑う。

『な、な……』

『これは、挨拶だからな』

悠真が顔を赤くしたまま何も言えないうちに、颯爽（さっそう）と出ていってしまった。

将宗の生ぬるい視線と、悠希の困ったような目がつらい。

「い、今のは、挨拶、だから……」

「私には挨拶をしていかなかったがな」

「ボクにもだね」

「う……」

なんと言っていいか分からず動揺していると、悠希が立ち上がった。

「さ、片付けちゃおう。悠真は疲れているだろうから、いいよ。将希が食べるの、見てて」

「うん」

将希が手に持っているのはたい焼きの頭部分だけだが、三歳児にはちょっとばかり大きかったかもしれない。

はむはむと食べているものの、減り方は遅かった。

「大丈夫？　お腹いっぱいなら残していいからね」

「だいじょーぶ。おいしー」

アルファらしく体の成長が早い将希は、食べる量も多い。ゆっくりではあるが、しっかり最後まで食べきった。

「はい、ごちそうさま」

「ごちそーさま」

「テレビ、観る?」

「みるー」

悠真は将希を膝の上から下ろし、テレビの前のソファーに移動させる。そして録画をチェックして、続きを映した。

片付けを終えた二人が紅茶を手にやってきて、将希を挟んで座る。

「それで悠真くん、ライアンとの観光はどうだったんだ？」

「えっ、だから、すごく楽しかったよ。東京観光なんて、小学生のとき以来だもん。遊園地とかならともかく、浅草やアメ横とかわざわざ行かないし……夏休み中、どこにも行けないのは将希がかわいそうだから、三人で行くのもいいかもよ。夏希はボクが見てるから」

「それはいいな。私の休みの日に、遊びに行こう」

「はい」

「将宗さんのお母さんも、預かりたがるかも。赤ちゃんって、本当に可愛いもんね」

うんうんと頷く悠真だが、悠希の表情は微妙なものだ。どうやら質問に対する答えを間違っているらしい。

「ありがたいけど、将宗さんが聞いたのはそっちじゃなくて……ライアンさんとはどうだった？」

「あ、そっちか……うん、それは、普通に、楽しかった……」

「普通に？」

首を傾げる悠希の横で、将宗が畳みかけてくる。

「プロポーズされたのを、忘れていないよな？　プロポーズしてきた相手と一日デートをしたうえでの普通は、どういう普通だ？」

「うう……」

なるべく考えないようにしていた部分に突っ込まれて、悠真は答えに窮する。

「き、今日のは、ただの観光だし……ライアンはすごいキラキラした美形で、紳士の国の人だけあってエスコートにも慣れてて……」

プロポーズを思い出しながらライアンの話をするのは、どうにも照れてしまう。何しろライアンの悠真への扱いは、とても丁寧なのだ。

さり気なく車道側を歩くし、何かあるとすぐに手を差し伸べてくれるし、食べ歩きのときだっていろいろと気を使ってくれた。ライアンのような人にそんなふうに扱われ、ときめかないでいるのは難しい。

兄の悠希はオメガの男性体なので、男同士のカップルにも抵抗がない。そもそも悠真は女性にはまったくモテず、声をかけてくるのは男性ばかりなので、男性も恋愛対象になりうるのだと思っていた。

そんな悠真なので、ライアンは充分すぎるほど魅力的に見える。

会うたび、笑顔を向けられるたび、キラキラが目に眩しく、その完璧な美貌にドキドキさせられてしまうのだ。

今日一日で、何度ドキドキさせられたか分からないくらいだった。

「……魅力的すぎるのが、アルファの困ったところだよね」

溜め息を漏らしながらそう言うと、悠希がますます心配そうな顔になる。

「……悠真、ライアンさんに惹かれてる？」

「ひ、惹かれてるっていうか……ライアン、アルファだよ？　綺麗な金髪と青い目で、すごい美形で、キラキラしてて……惹かれない人なんていない？」

「将宗さんもアルファだけど。ライアンさんとよく似た綺麗な青い目だし……悠真、惹かれた？」

「あれ、そう言われれば……いや、でも、将宗さんは兄さんの番だから」

「惹かれるのに、そういう理屈は関係ないと思うけど。……そっか、悠真は将宗さんには惹かれなかったのに、ライアンさんには惹かれてるんだ……」

「う……」

「ボクは、悠真に関してはどんな相手でも応援するつもりだけど、ライアンさんは大変だと思うよ……」

「そ、そういうつもりはなくてっ。惹かれる惹かれないでいったら、惹かれるっていうだけで……。だって、すごいキラキラしてるんだもん！」

人でごった返した浅草寺では悠真がぶつからないように守ってくれて、列に並んでいるときは体で影を作って強い日差しを遮ってくれた。

あんな人にあんなふうにされたら、惹かれないほうがおかしいとジタバタしてしまう。

悠真だって、分かっているのだ。ライアンをちゃんと拒絶するつもりなら、会わないほうがいいと。

ライアンに会って優しくされれば惹かれずにはいられないし、甘く見つめられる恥ずかしさと喜びは未知のもので、抜け出すのが困難なほど心地いい。

どう考えても、まずい気がする。それなのに、ライアンと会わないという選択はしたくないのが、さらにまずい。

うーんと頭を悩ませる悠真を悠希は心配そうに見つめ、将宗には同情のこもった目で見つめられる。

幼児番組を観て、キャッキャッとはしゃぐ将希だけが楽しそうだった。

★★★

昨日の会話を引きずって、微妙な空気のまま朝食をすませる。

将宗が会社に出かけるのを見送ったあともライアンが迎えに来るまでにはまだ時間があったので、将希の歯磨きを手伝い、泣きだした夏希のオムツを交換した。

「ああ〜泣きやまない。兄さん、ミルク〜」

「もうちょっと待って」

慌てる二人とは反対に、将希は夏希の顔を覗き込んでニコニコしている。

「おおなき〜」

「夏希、お腹空いたんだって。まだご飯、食べてないからね」

ソファーに座って一生懸命あやすが、泣き声は止まらない。

将希は夏希のやわらかな頬をツンと突いた。

「……う?」

クリンとした青い目がキョトンと将希を見て、ツンツンされるたびに「う?　う?」と声をあげる。

「可愛いねぇ」

「かわいー」

いつもは悠真もバタバタと忙しいが、夏休みに入ったおかげでのんびりしたものだ。

「ミルク、お待たせ！　よろしくね」

「はーい」

渡された哺乳瓶（ほにゅうびん）を夏希の口の中に突っ込むと、勢いよくングングと飲み始める。

もっともそれは最初だけで、すぐに勢いがなくなるのが夏希だ。

アルファの将希はいつも哺乳瓶が空になるまで飲み続けたが、オメガの夏希は休み休みで、半分くらい飲むともういらないとなってしまう。

そのせいか将希より眠りも短く、授乳の回数が多くなっていた。

それに将希より神経質なところがあるので、夜泣きで何度も起こされる将宗と悠希には少し疲れが見えている。

上野がいてくれる間、悠希は昼寝をして睡眠不足を補っているらしい。悠真も夏休みに入ったので、夜、何日かおきに夏希を預かってもいいかもしれない。

案の定、夏希は半分を少し超えたくらいで飲むのをやめたので、トントンと背中を叩いてゲップをさせる。

「兄さん、ミルク終わったよ」

「ありがとう。もうおねむな感じ？」

オムツを換えてミルクを飲むと、途端に夏希は眠そうな様子を見せる。しばらく起きていて、何やら訴えていた将希とは違う。

「そうみたい。ベッドに寝かせるね」

二人の会話を聞いて、将希が首を傾げる。

「もう、ねんね？」

「赤ちゃんだからね」

「あそびたいのにー」

「もうちょっと大きくならないと無理かな。一緒に積み木しようか？」

「うん！」

積み木遊びをしている間に悠希が洗濯をすませ、子守り交代となる。悠真はまだ部屋着のままだったので、部屋に戻って身支度をすませる必要があった。

着替えて髪を梳かし、鞄の中に財布やスマホ、水を入れてライアンの訪れを待つ。

約束の十時五分前にインターホンが鳴ったので、「今、行くー」と返事をして部屋を出た。

マンションの入口の前で待っていたライアンの格好は、昨日に比べるとくだけたものに変わっている。

遠くからだと水玉にも見える細かな柄に、襟と肩、脇の部分が違う柄だ。遊び心のある、楽しいデザインだった。

ライアンは悠真を見てサングラスをずらし、笑いかけてくる。

朝から眩(まばゆ)い笑顔に迎えられて、平常心平常心と内心で呟く。

昨夜の話し合いのせいで妙に意識させられ、鼓動がなかなか落ち着かなかった。

『おはよう。疲れていないかい？』

『大丈夫。今日は渋谷からだよね。歩いても行けるけど、どうする？　将宗さんいわく、この辺りはオシャレなデザイナーズの建物が多いって』

『それはいい。歩きたいな』

『分かった。ええっと……渋谷は、あっち』

歩き始めるとライアンの琴線(きんせん)に触れる建物がいくつか出てきて、そのたびにカメラを向ける。

『……ゴミが溜まりそうな壁……管理費が高くなるよ』

『ずいぶんと現実的だな』

『中学まで公立だもん。うちは一軒家だから関係ないけど、友達から管理費が高いとか、上がったっていう話は聞いたことあるよ。今の高校はお坊ちゃま校だから、管理費なんて気にしてなさそうだけど』

『なるほど。確かに、こういうマンションを選ぶ人間は、管理費なんて気にしないだろう。私も、設計するうえで気にしたことはないし』

『うん。お坊ちゃま校にいると、分かる。お小遣いがカードの人種だからなぁ』

決められた範囲内でどう使うか考える悠真と違って、彼らは好きなものを好きなだけ買う。

ファミリーレストランに入っても見るのはメニューの写真であって、値段ではない。

最初はずいぶんと戸惑ったし、ついていけないものを感じたが、今は互いに理解して、すり合わせができている状態だった。

好奇心旺盛なライアンは、マンホールの蓋や工事中のビルの可愛い安全板やパネルまで写真を撮って、あれやこれやと聞いてくる。

写真を撮りまくったせいで思ったよりも時間をかけて渋谷に到着し、スクランブル交差点に向かった。

『うわぁ……すごい人』

平日の午前中にもかかわらず、人で溢れている。

ものすごい人数が一斉に動きだす渋谷の交差点は噂どおり外国人に大受けで、カメラを頭上に掲げて何度も渡っている姿が見受けられた。

『これだけ人がいるのも、それなのにぶつからないのもすごいな』

『ボク、渋谷なんて用がないから、初めて来た。……確かにすごいかも』

せっかくだから渡ろうということになって、少しばかり緊張しながら青信号を待って渡り始める。

『なるほど……意外と大丈夫なものだな』

『ながらスマホの人が怖い～。ぶつかりそうだったよ』

でも面白いと頷き合って、二人揃ってスマホを高く掲げてムービーを撮りながら再度信号を渡った。

『あそこのカフェが、交差点の観察スポットだって。かなり待つかもしれないけど、どうする？』

『もちろん、行く』

『だよねー。これは絶対、上から見てみたい』

二人はカフェへと移動し、コーヒーを買って席待ちをする。とても混み合っているせいか長居をする客はなく、そう待つことなく座れた。

『おおっ、すごい！』

『人間の大移動だな。面白い。雨の日に、傘の群れが動くのを見るのも楽しそうだ』

『確かに。ただの交差点が観光になるのかなって思ってたけど、これは見応えあるなぁ』

何度も目で見て、ムービーを撮って、他の客の邪魔にならないようにと立ち上がる。それから電車で新宿に移動し、高層ビル群を眺めながら都庁へと向かった。

こちらもやはり、悠真は小学生のとき以来だ。

中に入って、キョロキョロしながら展望台へと繋（つな）がるエレベーターに乗る。一気に上昇する不快感にしばし耐えると、あっという間に到着した。

『ふはー……ここも、人が多い』

無料の展望台で、東京タワーやスカイツリーも見える。天気次第では富士山も見えるはずだから、人気が高くて当然だ。

人の少ない窓まで歩いていって、街の光景を眺める。

『……すさまじく広いな』

『ん？　何が？』

『家とビルが、どこまでも続いている。電車に乗って外を見ていても思ったが、ひたすら街だ』

『ああ、関東平野は広いもんね。だからここまで発展したって習ったような……』

『面白いビルが、いくつか見える。それに、あちこちに大きな公園らしきものがあるな』

『そうでしょ？　あそこが、新宿御苑。有料だし、お酒の持ち込みが禁止だから、子連れでお花見するのにいいんだよ』

『花見か……日本のサクラは有名だものな』

『綺麗だよ〜。今年はすごく天気がよくて、シートで昼寝しちゃった。気持ちよかったなぁ』

そんなことを話しながら窓に沿ってゆっくり歩き、グルリと一周する。

『うーん……今日は富士山、見えないね。残念。でも、新幹線の中から見えるはずだから』

そう言うと、ライアンに手を取られてジッと顔を見つめられる。

『な、何……？』

『この二日間、とても楽しかった。京都に、一緒に来てもらえないだろうか？』

『う……』

東京観光と、宿泊を伴う旅行はまったく違う。

身元が確かとはいえライアンはプロポーズしてきた相手で、こうして見つめられると心がフワフワしてしまうだけに気軽にはいとは言えなかった。

アルファの魅力をいかんなく発揮され、たった二日でライアンは悠真をときめかせている。絶対に無理強いはしないと言われているが、ライアンに誘惑されてちゃんと拒否できるかどうか自分に自信がなかった。

（アルファの魅力がすごすぎる！）

本気で迫って、落とせない相手はいないといわれるのも納得だ。それなのにライアンは青い瞳を揺らめかせ、縋るような目で悠真を見つめてくる。

（ず……ずるっ！　なんか、ずるい……こんな美形が、捨てられたワンコみたいな目で見てくるなんて……‼）

ペシャンコになった耳と、クゥーンという悲しげな声が聞こえる気がする。

とても格好いいのに、妙に可愛い表情に悠真の心は鷲掴みにされ、気がつけばコクコクと頷いていた。

『よかった！　宿に、人数が増えたことを連絡させないと』

ライアンは浮き浮きした様子でスマホを操作する。

『――よし、あとはなんとかしてくれるだろう』

『ん？　ホテルにメールしたんじゃないの？』

『いや、秘書にだ。ホテルを取ったのは秘書だからな』

『なるほど……』

上司の休暇のホテルまで面倒を見なければいけないなんて、秘書って大変……と呟く。

それからライアンはずっとご機嫌で、近くの高層ビルでのランチ中も、新宿と銀座散策の間もニコニコしっぱなしだった。

悠真はときおり後悔というか、本当に旅行に出かけてしまっていいのだろうかという不安に襲われたが、ニコニコ顔のライアンを見るとてもやっぱり無理なんて言いだせない。

それに悠真自身は行きたい気持ちが強いので、行きたいと行かないほうがいいのでは……の狭間（はざま）でグラグラと揺れ動いている状態だった。

困ったことに、ライアンといるのは楽しいのだ。

デパートの地下食品売り場に案内すれば、おおーっと大喜びするのが可愛い。夕食は家でということになっていたので、スープとオードブル、ケーキを買うことにした。

グルグルと二周して、どれにするか迷うのが楽しいと笑う。

あれこれ悩んだ末に選んで、タクシーで帰宅した。

「ただいまー」

「お帰り」

すでにもう将宗は帰っていて、将希の相手をしていた。悠希は夕食作りの真っ最中である。ライアンが、悠真の好物が食べてみたいと言ったので、オムライスにハンバーグ、エビフライというメニューだ。

悠真は手を洗ってケーキを冷蔵庫にしまい、買ってきたオードブルとチーズを皿に盛った。

『ライアン、将宗さん、飲み物は何にする？』

『冷えたビールをお願いしたい』

『私もだ』

『はーい』

グラスと缶ビールを渡し、あとは勝手にやってもらう。

「兄さん、手伝うよ。何、やる？」

「ハンバーグを焼いてくれる？　チキンライスの量が多くて大変なんだよ。フライパン、二つ分」

「将宗さんとライアン、たくさん食べるもんね」

三口ある調理台の一番奥で煮込みハンバーグを作り、悠希が大量のチキンライスをそれぞれ薄焼き卵で包み、もう一つで悠真がエビフライを揚げる。甲斐性（かいしょう）のある将宗のおかげで、エビフライはとても立派なクルマエビだ。

悠真と悠希と将希は一本、将宗とライアンに二本揚げる。

将希には食べきれない大きさでも、自分用の皿がないとガッカリするのだ。だから将希のプレートは、小さいオムライスに小さなハンバーグ、エビフライだけがドンと存在感を表すことになる。

五人分を盛りつけて席につき、食事となる。

先に晩酌を始めていた二人は、将希を抱っこし、ビールのグラスを持って移動してきた。

「わぁ～」

「将希の大好きな、お子様セットだな」

「おいしそ～」

いただきますと食べ始め、ライアンはオムライスを食べて、『ライスに味がついているのはありがたい』と笑った。

チーズの載ったハンバーグもエビフライも気に入ったようで、『日本は家庭料理まで旨い』と満足そうだ。そしてニコニコしながら『ユーマが一緒に旅行することに同意してくれた』と言う。

大人たちの間に走った一瞬の緊張と、悠希の心配そうな視線。

「……本当に行くの？」

「うん。だって、捨てられたワンコみたいな顔をするんだもん……」

「ほだされちゃったか……」

困った子だという目で見られ、悠真は身を縮める。

「家名に誓って手は出さないって言ってるし……大丈夫かなって……」

「でもそれは、無理強いはしないっていう意味だよね？　ライアンさんは経験を重ねた大人で、魅力あるアルファだから、悠真をその気にさせることはできると思うよ」

「うっ……」

「悠真も、分かりやすくライアンさんに惹かれてるみたいだし」

「うう……」

悠真の揺れる心は、悠希にしっかりと把握されている。だからこそ余計に心配なのだろうと分かった。

「悠真はベータだから、ライアンさんの番になれないのは分かってるよね？」

「それは、もちろん……」

「ライアンさんならちゃんと守ってくれるだろうけど、傷つかないわけではないと思うよ？　オメガとはいえ、ベータ因子の強いボクも反対されたんだから」

「一応……そういうつもりはなくて……ライアンはバカンスが終わればイギリスに帰る人だって、ちゃんと分かってるから……」

何度もそう、自分に言い聞かせている。

いくらライアンが好きだと言ってくれても、ライアンはイギリス人で、悠真は日本の高校生だ。まだ学生の身では好きに動けないし、あまりにも遠距離すぎる。好きという気持ちだけでなんとかできるとは思えなかった。

「それならいいけど……一時の感情に流されないようにね」

「うん」

自分に重々言い聞かせなければいけないことだ。

悠真はコクコクと頷きつつ、悠希に疑問を向ける。

「兄さんは、断固反対じゃないの？」

「もちろん悠真には傷ついてほしくないから、そういう意味では断固反対なんだけど……ライアンさんが魅力的なのはわかるから、全力で迫られたら拒むのは大変かなって……。それに、ボクだっていろいろあって将宗さんと結婚できたけど、そのいろいろを今振り返ってみると、思い出深いというか……」

「いろいろかぁ」

「どんな結果になっても、結局何もなくても、心を揺らすのは悪くないのかなと思って」

「そういうもの？」

「そういうもの……だと思ってるよ。それに、ボクたちの会話が気になっているみたいなのに、口出ししてこないでしょう？　悠真を気遣って、我慢してくれているんだよね。そんな人が、悠真を傷つけるとは思わないから……」

　だから旅行するのも反対しないと言われ、悠真は強い安堵を感じる。

　ライアンと旅行するのは、怖い。ライアンに惹かれている自分が、一日中一緒にいたらどうなるか分からないからだ。

　それでも、何があっても受け入れるという兄がいてくれる。とても心強く、安心できた。

　おかげで、旅行に対する不安が軽くなる。

　どうせ、ライアンと行きたいという気持ちはなくならないのだ。この際、憂いは忘れて楽しもうと心に決めた。

★　★　★

旅行すると決めた悠真は、大慌てで鞄に着替えを詰め、旅行の日を迎える。

ライアンにせっかくだから朝食は駅弁が食べたいと言われたので朝食は摂らず、出社するときに将宗がホテルまで悠真を送ってくれて、そのままライアンを乗せて東京駅へと向かった。

『いいか、ライアン。悠真くんと二人きりだからといって、無体な真似はするなよ。くれぐれも、約束は守るように』

『分かったと言っているだろうが』

『悠真くんが泣くと、悠希も泣くからな。くれぐれも――』

『しつこい！』

あまりにもクドクドと言われ、ライアンは辟易（へきえき）を通り越して怒り始めている。

どうやらこのために、将宗はいつもより早出してでも送ると言ってくれたらしい。

駅に着いたときにはライアンはあからさまにホッとして、さっさと車を降りてトランクから荷物を取り出していた。

悠真は送ってくれた礼を言って車を降り、すでに写真を撮り始めているライアンに苦笑する。

『煉瓦（れんが）造りが実に美しい。二階までが保存で三階は復元らしいが、とても自然で見事だ。ここのホテルのドームサイドに泊まりたかったんだが、あいにくと空いていなかったんだよ』

『便利な場所だし、駅を行き交う人が見られるから人気があるんだよね。それに東京駅はデパートもあるし、駅の構内には有名店が集まっているから美味しいものだらけだよ』

『ほう、そうなのか』

『朝から開いている店もあって、一週間いてもご飯に飽きることはないと思う。和洋中に加えて、ラーメンストリートもあるからね。すごく並ぶけど、客の回転が早いし、美味しいんだよねー』

『では、帰りにそのラーメンを食べてみたいな。ヌードルだろう？　ロンドンで食べたのは、あまり旨くなかったが……』

『そうなんだ。じゃあ、試してみるのはいいかも。煮干しだしとかじゃなければ、口に合うんじゃないかな』

『煮干しとやらがどんなものか分からない以上、なんともいえないが……』

『外国の人には、あんまり馴染みがないと思う。口に合いそうなのを選ぶね』

『ありがとう。――よし、もう充分撮った。暑いから、中に入ろうか』

『うん』

　新幹線のチケットを買って、売店で駅弁を選ぶ。

『種類が多すぎる……』

『これだけあると、迷うねー。どれにしよう』

いろいろ食べられる幕の内か、ガッツリ肉系か——うんうん悩む悠真の横で、ライアンはさっさとその二つを選んだ。

『二つとも食べられるなんて、ずるい！』

『ずるくない。……が、肉のほうは私のを分けるから、たくさん入っているのにすればいいんじゃないか？』

『ありがとう！　そうする。やったー』

ライアンがいればどちらも楽しめるのかと、悠真はニコニコする。そういえば、谷根千の食べ歩きでも、いろいろと食べさせてもらった。

駅弁を買って新幹線に乗り込み、動き始めると同時にいそいそと包みを解く。

まわりでも駅弁を朝食代わりにしている客は多く、中にはビールの缶をプシュッと開けている姿もある。まだ朝なせいか空いていて、ビジネス客と半々といった感じだった。

『駅弁、久しぶり～』

『……これは、肉の種類が違うのか？』

『えーっと……肉は一種類。挽き肉と細切れ(こまぎ)で、触感と味付けが少し違うって書いてある。ブランド牛で、ライアンの好きな甘じょっぱい味だよ』

『それは楽しみだ。ユーマ、食べられるだけ持っていっていいぞ』

『はーい。ありがとう』

口を付ける前の箸で、両方の肉とご飯を一口分ずつもらって蓋に移す。

『それだけでいいのか？』

『幕の内もあるから、たくさんは食べられないよ。ちょっと味見できるのが嬉しいんだ』

それには、ライアンの頼もしい胃袋がありがたい。

悠真は幕の内弁当とライアンに分けてもらった分で満腹になり、あとは背凭（せもた）れを倒してのんびりとした気分で車窓を眺めることにした。

事前の調べで富士山側の席を取ったから、勇壮な姿も楽しめた。

キャッキャッとはしゃいで京都駅に着き、ライアンはここでも時間いっぱいたっぷり写真を撮ってからタクシー会社が指定した待ち合わせ場所へと移動する。

そこにはすでに運転手が待っていて、ライアンの名前が書かれたボードを持っていた。

「こんにちは～。お世話になります」

悠真が声をかけながら、ライアンのスマホに表示された予約番号の載った情報を見せると、運転手はホッとした顔になる。

「日本の方がご一緒なのは、ありがたいです。私の英語はまだまだなので」

「ライアンも日本語はまったくなので、ボクが通訳しますね」

タクシーは三日間貸し切りで、予約時にライアンが行きたい場所を提示したため、旅程を立ててくれているという。

暑い中で電車やバスを待たなくてすむし、座っているだけで目的地に着く。

涼しいタクシーの中に入ってホッとしていると、運転手がにこやかに話しかけてくる。

「それにしても、最初にリストをいただいたときは、回りきれないと頭を抱えました」

「そうなんですか？」

「はい。数が多かったので。おまけに普通、観光では行かない国際会館やコンサートホールが入っていましたから。市役所まであったので、もしかしてただの観光ではなく、住むための準備かもしれないと思っていたんですよ」

「市役所？　もしかして、建築的に珍しいとか？」

「そうですね。中央が塔になっていて、左右対称のレトロな建物です。一見するとフランスとかイタリアとかにありそうな感じなのですが、あちこちインド風だったり、イスラムっぽかったり。その後で建築士の方とお聞きしまして、ホールなんかも建物を見るだけだからそう時間はかからないとお聞きしてホッとしました。おかげでご指定いただいた場所はなんとか日程に組み込めましたし、仲間からいくつか零れ話も聞いておきました」

「それは喜ぶと思います。博物館や美術館に行っても、展示物じゃなくて建物ばっかり見ていましたから」

「京都は古い建物が多いですし、意外と建築士のお客様は多いとのことでした。釘（くぎ）を使わない建て方や、腐食を防ぐための、石の上に柱を載せるやり方が珍しいんだそうです」

「へえー」

悠真が運転手と会話をしながらライアンに通訳すると、ライアンはうんうんと頷く。

『湿度の高い国なのだから、石造りにしたほうがいいと思うんだが……木造はすぐに腐るだろう？　そうしないための工夫がすごいな。日本のカンナは、芸術品だといわれている』

『カンナが？』

『ああ。透けるほど薄く木を削れるなど、信じられない。本当に、日本の刃物はすごいな。さすがはサムライの国だ』

『あー……なんか、外国の人っぽい言葉。確かに日本の刃物がよく切れるのは侍のおかげなんだけどさ。士族が廃止されたせいで、日本刀を造ってた人たちが仕事をなくして、包丁やハサミなんかを造り始めたんじゃないかな？　元は刀鍛冶（かたなかじ）をしてた人たちなんだから、そりゃあよく切れるよね』

それからタクシーは近いところから順に回り始め、ライアンが張りきって写真を撮りまくる。

運転手はその道すがら、調べておいてくれた建築秘話や、改修の際の苦労話などを話してくれた。

知らない単語が多くて通訳するのは大変だったが、スマホの翻訳機能を駆使してがんばった。

ライアンが指定しただけあってどれも面白い建物ばかりで、生粋の京都人だという運転手も興味を持ってもらえるのが嬉しいらしい。

そして昼食をお任せにした結果、朝と夜が和食では外国人にはつらいだろうからとのことで、評判のいいフレンチ店に予約を入れてくれていた。京野菜などを使って、和テイストを取り入れているらしい。

観光客慣れした京都だけあって、英語のメニューもあるから助かる。どうせならということでシェフのお任せを頼み、ライアンはグラスのシャンパンも頼んでいた。

『昼間っからシャンパン！　お貴族様って感じでいいね』

『普段は飲まないぞ。バカンス中で、運転をする必要もないからだ。それに日本の夏はとても暑いから、冷えたシャンパンがとても旨い』

『それには同意。ボクはジンジャーエールだけど、これ、ちゃんと擂り下ろしたショウガが入ってて、すごく美味しい。炭酸って、夏に合う飲み物だよねー』

前菜として出てきたのは、新タマネギのムース。口の中でトロリと溶けて、甘みが強い。

『これは……旨いが、ずいぶん甘いな。砂糖を入れているのか？』

『新タマネギは、甘いんだよ。コンソメの塩気で引き立っているだけで、砂糖の甘さじゃないと思う。んー、美味しい』

ランチなのに結構な値段がするだけあって、素材はかなりいいものを使っているらしい。

次のカルパッチョとフォアグラのテリーヌには野菜がたっぷりと添えられ、小さなキュウリのピクルスやニンジンのラペも美味しい。

ヒメジのポワレは二人とも初めて食べるが、淡白な川魚にあっさりめのクリームソースが合っていた。

そして短角牛（たんかくぎゅう）のステーキには、赤身肉の旨さを見せつけられる。

悠真はコース料理ということで一番少ない百グラムにしたが、あまりの美味しさにもう少し多いのにすればよかったと思ったほどだ。

もっとも、これにも焼き野菜が添えてあるし、全部食べ終えるときには満腹だったので、残念ながら気持ちほど量は食べられない。二百グラムのステーキを簡単に完食したライアンがうらやましかった。

『……ああ、素晴らしく美味だった。ユーマのところで食べたローストビーフとはまったく味が違っていて、驚いた』

『ウシの種類が違うから。松坂牛は霜降りが有名で、短角牛は赤身が有名なんだよ。将宗さんもお坊ちゃまだからそういうのに細かくて、兄さんと勉強したんだ』

『そういえば、ハンバーグやエビフライも美味しかったな』

『立派なエビと、いい挽き肉を使ってるもん。あのマンションの近くって高級スーパーしかなくて、お肉を買うの、勇気がいるんだよね』

『あの辺りの地価はわりと高いほうだからな』

『……ボク的には、「ものすごく高い」んだけど？　ライアンは違うんだ……』

『ニューヨークの高さに比べるとな』

『そりゃあ、世界一高いところと比べられたら……あれ？　でも、ニューヨークって、ブロードウェイを目指すような人たちも住んでるよね？　家賃、払える？』

『何人かでシェアをして住んでいるんだろう。信じられないほど狭いのに、二千ドルすると聞いたことがある』

『へー』

ライアンの言う『信じられないほど狭い』がどれほどの狭さなのか分からないから、二千ドルと聞いてもピンとこない。

都内の便利なところで一人暮らしをしようとすると、七、八万円かかると聞いたことがあるから、高いなと思う程度だ。

「モモとメロンのタルトでございます。モモのシャーベットを添えております」

「うわぁ、美味しそう」

デザートは別腹というとおり、満腹だったのにちゃんと美味しそうに思える。

一口食べればモモのトロリとした甘さにカスタード、タルト生地が加わり、うっとりする味わいだ。

『ああ～すごく贅沢な味』

『日本の果物は本当にすごいな。バカ高いだけはある』

『ライアンの言ってるのは、デパートのじゃない？　スーパーはもっと安いよ。もちろん、その分品質はちょっと落ちるけど。デパートに置いてあるのは、最高級品だから』

『二百ドルのメロンや、一粒十ドルのイチゴがあったな。信じられない値段だ』

『大丈夫。あれは、ボクも信じられない。メロンは桐の箱に入っててね、夢のように美味しいんだよ。二百ドルの価値があるのかは分からないけど、ものすごーく美味しいのは確か』

『食べたことがあるんだな』

『うん、もらいものでね。あれ、自分で買う勇気は出ないと思う……』

『それは、ぜひ食べてみないとな』

『えっ、それは、あれを買うっていうこと？　自分で食べるために？　それなら高級スーパーで五十ドルくらいのを買ったほうがいいと思う。値段は四分の一でも、味は四分の一じゃないよ。一個五十ドルのメロンは、すごーく美味しいはず』

『しかし、実際に食べてみないと二百ドルのメロンについて語れないじゃないか。二百ドルと五十ドルの違いがどんなものかも分からない』

『それはそうかもしれないけど……五十ドルのメロンも充分高いからね？　うちがスーパーで買ってたメロンは七ドルくらいで、それなりに美味しかったし。将宗さんのところに来てからは二十ドルにランクアップして、充分うっとりする甘さだよ』

『ほうほう。二十ドルで……それは、これより甘いのか？』

今食べているメロンのタルトを指さされ、悠真は声をひそめて答える。

『甘いと思う。コース料理のデザートに二十ドルのメロンは使えないんじゃないかな』

『なるほど……それもそうか』

『これも美味しいけどね。デザートとしてバランスよく作られてるから。メロン単体で食べるのとはちょっと違うかも』

『ふむ、確かに』

甘いものも好きなライアンは頷きながら綺麗に食べ、食後の飲み物として紅茶を選ぶ。

『やっぱり、紅茶はイギリスのほうが美味しい？』

『そうだな。紅茶に適した水だから、根本からして違う。けれどそれ以外は、日本のほうが旨い』

『それはよかった。日本の食べ物は、ライアンの口に合うみたいだもんね』

好き嫌いがないらしいライアンは、何を食べても美味しいと健啖ぶりを発揮している。和食ブームのおかげで醤油やカツオだしに舌が慣れているせいか、今のところ苦手なものはない。

ウナギはまずいと信じられないことを言っていたライアンに美味しいウナギを食べさせたいし、今や海外にも愛好家がいるというラーメンもあれこれ食べさせてみたい。美味しそうにたくさん食べてくれるライアンは、とても好ましかった。

優雅で贅沢なランチを終えてタクシーに戻り、観光が再開される。

ライアンが指定した建築物は写真に撮るのが目的なのでそれほど時間はかからず、最後に観光らしい観光である清水寺（きよみずでら）が持ってきてあった。

　さすがに、今までのどこよりも混んでいる。人でごった返すという表現がピッタリで、歩くのにも苦労するありさまだった。

『すごい人だな』

『外国の人、多いねー』

『着物がちらほらいる……あれは素敵な民族衣装だ』

『夏だからかな。着物より、浴衣（ゆかた）のほうが多いね。えーっと、着物の簡単バージョン？　生地も綿（めん）とか麻（あさ）だしね』

『……そういえば、以前パーティーで見た着物はシルクだった気がする……』

『最近は、洗濯できるようにポリエステルもあるらしいけど、パーティーならシルクだろうね。家で洗濯できないから大変みたい』

『シルクは扱いが難しいからな』

『うちの母も持ってるけど、滅多に着ないよ』

『持っているのか？』

『うん。三枚か、四枚。たまに虫干ししてる』

　人を避けながら本堂へと向かうのだが、やはりライアンのエスコートは完璧だ。密着にならない程度にくっつき、ぶつかりそうになると庇ってくれる。

階段があれば手を貸してくれるし、それをごく自然に、甘く優しくするのだから悠真はたびたびのぼせそうになった。

将宗と同じ色の青い瞳なのに、将宗とはまったく違う。将宗に見つめられてもなんともないのに、ライアンに見つめられると気恥ずかしくてたまらなかった。

外国人が少なくないとはいえ、やはりライアンは目立つ。

飛び抜けて整った容貌と、アルファならではのキラキラとした雰囲気が周囲の目を引きつけていた。

当然のように、ここでも女性に声をかけられてしまう。

『こんにちはー。どちらから来たの？　私たちはフロリダなんだけど』

金髪と赤毛の、二人組の美女だ。フロリダから来たからなのか、日本の夏がひどく暑いからなのか、タンクトップにミニスカートという露出の多い格好をしている。

胸の開きが広くて、谷間に目をやらないように気をつけなければいけないほどだった。

『私たちも二人で、初めての日本なの。一緒に回らない？』

『二人より四人のほうが楽しいよ！』

そう言いながらも二人の目はライアンにしか向いていないし、キラキラというよりギラギラしていて怖い。快活な口調とは違い、獲物を見る肉食獣の目だ。

モテてうらやましいというより、がっついていて怖いという気持ちのほうが遥かに大きい。

ライアンや将宗はいつもこんな目を向けられているのかと思うと、アルファもそんなによくないのかもしれないと同情する。

自分に向けられているわけでもないのに、悠真は無意識のうちにライアンの陰に隠れてしまった。

大丈夫だというように、ライアンがポンポンと背中を叩いてくれる。

そして、冷たい声でキッパリと申し出を拒否した。

『ノーだ。一緒に回るつもりはない。失礼』

そう言って悠真の手を取り、速足で歩き始める。

ギュッと強く手を握られた悠真は、ドキリとしてしまった。

『待って！』

『ちょっと！』

引き留める声が聞こえるが、人混みを縫って振りきってしまう。それでも繋いだ手は離されることなく、悠真の内心での動揺は止まらない。

『いいの？』

『聞く態度を見せると、延々と話し続けるからな』

『さすが、慣れてる……』

こんな場面を見せつけられるたびに、感心させられる。押しの強い女性たちから求愛を受けてきた経験からなのか、まったく取りつく島なく断るのだ。

おかげで大抵の女性は怯(ひる)んでくれるし、しつこい女性は軽い威圧(いあつ)で動けなくして逃げることもある。

そんなことがしょっちゅうだから大変だなぁと思い、それでいてどんな美女にもまったく心を動かされる様子のないライアンに感慨深いものがあった。

だってライアンは、悠真の手を握ったままなのである。そして、先ほどの冷たさがウソのように悠真に優しい表情を向けてくれている。

ライアンがあまりにも自分以外に無関心なので、好きだという言葉を信じてもいいんじゃないかという気持ちになりつつあった。

ライアンと将宗は、青い瞳以外は似たところがない。ライアンは金髪のキラキラ王子様顔だが、将宗は黒髪の日本男児といった容姿だ。

けれどライアンの態度に悠希しか見ない将宗と同じものを感じ、それが信頼へと繋がっている。

ライアンと一緒の時間を積み重ねるにつれ、彼への好意は膨れ上がっていた。

清水寺の観光を終えると、タクシーは宿へと向かう。

歴史を感じさせる、さすがの高級旅館である。

ロビーでお茶と菓子のもてなしを受けながらチェックインしていたライアンは、興味深そうに格天井や梁などを眺めていた。

『天井に、絵が描いてあるな。ずいぶんと古そうだが……』

『この旅館が造られた頃、こういった様式が流行っていたそうです。一マスごとに区切って、季節の花を絵師に描かせています。絵のまわりに金箔を貼りましたので、当時はずいぶんと華やかだったようです』

『その当時はそれでよかったのだろうが……もしも今、修復するとなると、その華やかさが浮きそうだ』

『はい。古いものは古いまま保ちながら、劣化を防ぐ方向で建物を維持しております。幸い、天井には日が当たりにくいので、修復はまだ先の話ですから』

なるほど……と思いながら、悠真は二人の話を聞いている。

冷たいほうじ茶を飲み干して、仲居の案内で部屋へと向かった。

『特別室の、紅葉の間でございます。温泉ではないのですが、お庭を見ながらお風呂を楽しめるようになっております』

『へぇー』

『冷蔵庫の中のものは無料となっておりますので、ご自由にお飲みください』

『はい』

例によってライアンは部屋のあちこちをカメラに収めていたが、早めの夕食を頼んだので、もう一時間ほどしかない。まずは汗を流そうと、ライアンを浴室まで連れていって、日本式の入浴方法を教えた。

『体を洗ってから、湯に浸かる。バスタブの中で洗ったり、タオルを持ち込んだりしない』

『そうそう。ライアンのあとでボクも入るから、泡だらけにされるのは困るんだ。よろしく。あ、これ、浴衣ね。右側を先に合わせて、帯で締めるだけだから』

『分かった』

悠真は大浴場に行きたかったが、悠希に禁止されている。

オメガと間違われることのある悠真は、同性から性的な対象として見られるかもしれないからだ。悠真としても覚えがあるので、部屋風呂で我慢すると約束してきた。

テレビを点けて夕方のニュースを流しながら、鞄から下着の替えを出して浴衣の上に置いておく。

冷蔵庫の中の飲み物は無料とのことなので、サイダーを取り出して飲む。

座椅子に凭れかかって、「はー、疲れた」と呟いた。

悠真の修学旅行は秋だったから、夏の京都がこんなに暑いとは思わなかった。それに加えて清水寺は人でごった返していたので、普通に観光するより疲れる。おまけにライアンに声をかける女性たちを振りきるということもしなくてはいけないのだ。

それでもやっぱり新幹線に乗って旅行して、こうして旅館に泊まれるのは嬉しい。

特別室だというこの部屋はとても広く、襖の向こうにはベッドが二つある。アメニティーの類も充実していた。

三十分ほどで、ライアンが浴室から出てくる。

「……………」

大きく開いた前から風呂上がりの上気した肌が覗いていて、濡れた髪には大人の色気がムンムンしている。青い瞳は機嫌よさそうに笑っていた。

『とても気持ちがよかった』

『そ、それはよかった……けど、ちょっと、前、開きすぎ。直してあげる』

『ありがとう』

目の毒だからと本当のことは言えず、動揺を押し殺してライアンの浴衣に手をかける。そしてグイグイと合わせを引っ張り、胸元を隠してホッとした。

『じゃあ、ボクも入ってくるね』

悠真はライアンを直視できず、目を逸らしながら着替えを持ってそそくさと浴室へ向かう。

（アルファって、心臓に悪い……）

その気になれば、落とせない相手はいない……なんていわれるわけである。あの状態のライアンに迫られたら、思考停止状態で唯々諾々と従ってしまいそうだった。

経験豊富そうなライアンからしたら悠真などちょろい相手だろうに、無理せず少しずつ距離を縮めてくれる気遣いに感謝する。

三、四人は入れそうなヒノキの浴槽と、窓の外には青々とした葉の茂る立派なモミジが植えられた庭。ちゃんと換気扇と空調が入っていて、のぼせなくてすみそうだった。

悠真は手早く髪と体を洗い、湯に浸かる。

「ふぃ～……気持ちいい……」

暑くなるとシャワーだけですませてしまうことが多いから、湯に浸かるのは久しぶりだ。

「お湯を抜いて掃除をするのが面倒くさいんだよねぇ」

それに、自分一人のためだけに湯を溜めるのはもったいなく感じてしまう。高級マンションだけあって、浴槽も大きいのが仇になっていた。

「久しぶりのお風呂を堪能……って、のんびりしてる時間はないんだった」

夕食の前に汗を流したいだけで、三十分くらいしかなかった気がする。

「あとで、もう一回入ればいいか……でも、あとちょっと……。暗くなったら、景色を楽しめないからねー」

あとではなく、朝に入る手もあるかと考える。温泉ではなくても、とても気持ちのいい風呂だった。

少しばかり後ろ髪を引かれる気持ちで湯から出て、水滴を拭う。

浴衣を着て部屋に戻ると、ライアンがご機嫌でビールを飲んでいた。

『おっ、可愛いな。よく似合っている』

『ありがと。ライアンも意外なほど似合うよね。アルファは浴衣も着こなすんだ』

悠真もライアンもサイズがピッタリだから、事前に伝えてあったのかもしれない。アメニティーもちゃんと男性用が二つ用意されていた。

悠真は座椅子に座ると、少しぬるくなっているサイダーで喉(のど)の渇(かわ)きを癒した。

『ライアン、もう二本目？　ペース、早すぎない？』

『私は酔いにくい体質だから、十本くらいは平気だ』

『十本……三リットル以上？　それは、量的に飲めない気がする……』

『水だと難しいが、ビールならいける。冷蔵庫の中にいろいろな種類のビールが用意されているから、味比べをしたいんだ』

『そういえば、全部違う種類だったね。んー……今、ライアンが飲んでるのはお父さんも大好きな、正統派のちょっとお高いビール。さっき飲んだのは……すっきりドライが大人気で定番化したやつ。味の違いってある？』

『ああ。さっきのは、確かにすっきりとしていて風呂上がりにとても旨く感じた。こちらはビールの味が濃いというか……しっかりと味わえる感じかな』

『へぇー。ご当地ビールも入ってたから、次はそれにするといいかもね』

『どれがそうなのか私には分からないな。ユーマが選んでくれると助かる』

『分かった。飲み終わったら言って。ボクも、次は抹茶サイダーにしようっと』

すごく喉が渇いていたから馴染みのあるサイダーを選んだが、気になっていたのだ。

悠真が浮き浮きと冷蔵庫から抹茶サイダーを取り出すと、ノックの音がする。

「お食事をお持ちいたしました」

「はーい」

サイダーをテーブルに置いて、扉へと向かう。そして鍵を開けると、仲居を迎え入れた。

「焼き物や揚げ物は順次持ってまいりますので、このまま鍵を開けておいてくださいませ」

「分かりました」

まずは食前酒に先付け、刺身や小鉢などが運び込まれる。

「こちらが、お食事の内容になります。炊き込みご飯は、火が消えたあたりが食べ頃となっておりますので、蓋はそのままでお願いします」

「わぁ、出来立ての炊き込みご飯が食べられるんだ」

ライアンがイギリス人だからか、メニューも英語になっている。

悠真は自分の席に座り直すと、ほうほうと感心しながら目の前の料理と英語のメニューを見比べた。

『英語にするのに、苦労してる感じ。稚アユの甘露煮とか、難しいよねぇ』

『丁寧に書かれているから、なんとなくどんなものか分かるな。いい仕事だ』

ライアンは満足そうに頷いて、アワビ煮に箸を伸ばす。

『……うん、旨い』

『ライアン、カイ、好き?』

『ああ。焼いて、ビネガーをかけるだけでも旨いからな。ただ、煮ると固くなるだろう? これは、ずいぶんとやわらかいな』

『何か、工夫してるんだろうね。アワビは高級食材だし、うちで食べるならお刺身かバターで焼くかだから、どうやって煮てるのか分からないけど。手間がかかって品数の多い料理って、感動するなぁ。……うん、どれも美味しい』

『ビールにも合う。……というわけで、三本目が欲しいな』

『はーい』

悠真は立ち上がって冷蔵庫に行き、地ビールを取り出す。

『地ビール、もう一本あったよ。お父さんいわく、地ビールは癖があって面白いのが多いって』

『それは楽しみだ』

『あ、あと、日本酒も入ってたけど』

『日本酒は、もう少しあとにする。確か、ビールよりアルコール度が高いだろう？』

『ワインと同じくらい……だったかな？　調子に乗って飲んだお父さんは、次の日、二日酔いで大変そうだったよ』

そんな話をしながらパクパクと料理を食べて、焼きたての伊勢エビの焼き物が運ばれてこれるのに歓声をあげる。

「り、立派……」

半身ずつではあるが、かなりの大きさである。

高級食材の伊勢エビは重さで値段の変わる時価だから、いったいいくらになるんだろうと驚いてしまった。

『焼きたてですので、お熱いうちにどうぞ。次は天ぷらと近江牛の陶板焼きを持ってまいります』

そう仲居に言われ、二人は急いで伊勢海老を口に運ぶ。

『熱々プリプリで美味しい』

『これはロブスターとは少し違うな。旨い』

『お刺身に入っててる、白くてプリプリしてるのも伊勢エビだよ。生と焼いたので、全然違うよね。どっちもすごく美味しいけど』

『これはエビか……とても甘い』

『マグロも大トロだし……高い食材ばっかり。ああ、幸せ』

将宗のマンションに住むようになってからは、将宗の口に合わせて食材や調味料のランクがグンと上がっている。

それでもさすがに伊勢エビなんて自分では買わないから、旅先のご馳走感が強かった。

『……ビールが終わった。もう一本いくか……日本酒が飲みたい気もする……』

『日本酒も二本あったよ。どっちも大吟醸（だいぎんじょう）だから、気に入ったデザインの瓶にすれば？　この宿なら、美味しい日本酒を選んでそうだし』

『そうだな。料理もビールも、全部旨い』

部屋も風呂も広いし、料理の質や飲み放題の中に大吟醸が入っていること――どう考えてもすごい宿泊料を取られそうだ。

ここに一人で泊まろうとしていたなんて、すごいなぁと驚いてしまう。一泊いくらか怖くて聞けなかったので、せめて値段分しっかり堪能しようと思う。

ライアンはいそいそと冷蔵庫に行って、日本酒の瓶を二つ並べて唸っている。

『……よし、こっちにしよう』

戻ってきたライアンに、日本酒はこの小さなグラスで飲むと教えた。

『うーむ……この日本酒は、飲みやすくて料理にも合うな。ロンドンで飲んだのより、旨い気がする』

『大吟醸ってたしか、一番高いやつだよ。お米のまわりをたくさん削って、真ん中のいいとこだけ使ってるんだったかな？　純米酒とか純米吟醸とかいろいろあって、何それって調べてみたことがあるんだよね』

『そんなに種類があるのか……日本人は本当に物事を突き詰めるな』

『基本、オタク気質だから。特に職人になるような人は、広く浅くより、深くなるタイプなんじゃないかな。ライアンだって、バカンスなのに仕事の写真を撮りまくってるし。同じじゃないの？』

『どれだけ夢中になれるかが、仕事の質にかかわってくるのは理解できる。専門職なら、特に。夢中になれない人間はダメだ』

『厳しいねぇ。ボクは普通に会社員がいいや』

一攫千金を狙うタイプではないし、平凡で平穏って楽だよねと思っている。リストラされないようがんばって、定年まで勤め上げるのが目標だ。

ベータ一族の中で突然変異的オメガだった兄の苦労を見てきたせいか、波風の立たない人生が一番——と覇気のないことを考えていた。

それなのにアルファのライアンにプロポーズされ、こうして一緒に旅行しているのはずいぶんな矛盾に感じた。

「失礼します。天ぷらと陶板焼きをお持ちいたしました。陶板焼きは火を点けますので、お好みの焼き加減でどうぞ。タレはこちらになっております」

「はい」

「炊き込みご飯の火ももうすぐ消えそうなので、食べられると思います」

吸い物と漬け物も置かれ、あとは食後のデザートだけになる。

悠真は熱々の天ぷらを食べながら炊き込みご飯を茶碗によそい、ハフハフしながら食べる。

『美味し～い。五目ご飯の鶏肉(とりにく)が、めちゃくちゃ美味しい。ブランド鶏かな？』

『味が濃くて美味しい鶏肉だ。それに、この大吟醸とやらは本当に飲みやすいな』

ガラスのぐい呑みで小さな瓶を一本開けて、二本目を取りに行っている。

『大丈夫？　飲みやすくても、ワインと同じくらいのアルコール度だよ』

『ワインなら、三本はいけるから大丈夫だ』

『すごっ。アルファは、そんなところまで秀でてるんだ……』

うらやましいかといったら微妙だが、飲めないよりは飲めるほうがいい気がする。

『酔いにくいというのは利点でもあり、欠点でもあるな。少々つまらない。だが、味わいはよく分かるぞ』

ライアンはご機嫌で日本酒と料理を楽しみ、量が多すぎると残した悠真の炊き込みご飯も食べる。

　魚の煮付けも骨が取ってあったから、テーブルに載った料理はすべて綺麗に空になった。

『うーん、お腹いっぱい……食べすぎたかも』

　宿の料理は品数もたくさんなので、悠真には量が多すぎる。けれどどれも美味しいから、ついつい食べてしまうのだ。

『私には、ちょうどいい量だった』

『ご飯、三膳も食べてるのに……』

『旨かったからな。日本のコースは、おそろしく品数が多い』

『だよね。こんなにたくさんの料理を作るの、すごく大変。こんなにたくさんの食器を洗うのも大変。贅沢だなぁ』

　完全に主婦目線だが、今年は諦めていた旅行なだけに嬉しくてたまらない。タクシー移動だといちいち駐車場を探さなくていいし、ランチでアルコールも飲めるから、行く場所によっては将宗に勧めるのもありだと思った。

　あそこがよかった、ここがよかったと和やかに話していると、食後のデザートであるワラビ餅が運ばれてくる。

　喜んでスプーンを取る悠真だが、ライアンは首を傾げている。

『すでに、食べすぎでお腹いっぱいじゃなかったか？』

『デザートは別腹なんだよ。お腹いっぱいでも、不思議と入るんだよねー』

なんとも都合のいい腹だと笑いながら、ライアンはスプーンを口に運んだ。

『……これは、面白い食感だな』

『それを楽しむお菓子だからね。京都らしく、抹茶をかけてるところがなんとも……うーん、美味しい』

ワラビ餅はずいぶん久しぶりだし、抹茶のは初めて食べる。

ニコニコしながら味わっていると、ライアンにジッと見つめられた。

『……何？』

『ユーマは本当に可愛いなぁと思ってね。どうしてこんなに可愛いのだろうか……一挙一動がすべて可愛く見えるとは……』

『あぅ……』

面と向かってそういうことを言えるキラキラ王子がつらい。慣れていない悠真には、うまい返しが思いつかなかった。

『うちの城は古くてね。よく見るとあちこち剥がれていたり壊れたりしているし、配管や電気の工事なんかも大変なんだ。一年中、どこかしら手を入れている状態で育ったせいか、建築関係に興味を持って、それが面白くて——恋愛なんて面倒なだけだと思っていたんだが……』

『面倒……』

『本当に、面倒だったんだ。アルファなうえに貴族という立場は、どの国に行っても美味しい物件と見られる。私は伯爵家といっても、跡を継がない、ただの次男なんだが』

『ただの、っていうことはないような気が……』

すでに貴族制度がない日本なので、ライアンの感覚は分からない。次男だろうが、貴族の子は貴族だろうと首を傾げた。

『そうらしいな。恋愛というよりは、狼の群れに囲まれた羊の気分を味わわされる。イギリスではそれなりの配慮があるが、アメリカはすごかった……』

ライアンが遠い目で暗い表情を浮かべる。何やら大変な目に遭ったらしい。

将宗も女性やオメガ男性にアタックされまくってうんざりしていたから、積極的なお国柄のアメリカではさぞかし大変だったのだろうと思う。

『そのせいか、大和撫子に憧れが……』

『大和撫子って……それ、もう死語みたいな感じ。お伽話的な？　もしかしたらまだいるのかもしれないけど、ボクは見たことないなぁ』

今の高校はいわゆるお坊ちゃま校で、お金持ちや上流階級と呼ばれる生徒が多いから、聞いて回れば一人くらい思い当たるかもしれない。

『私の大和撫子は、キミなのだが』

『いやいやいやっ。全然違う。いろいろと間違ってる！　そもそも大和撫子は、女性に使う言葉だから』

『優しく美しく、穏やかで控えめだが、芯の強い女性という意味だろう？　性別以外はユーマにピッタリだ』

『いやいやいやいやいやっ。ピッタリじゃないと思う。盛大な勘違い。ボク、そんなんじゃないよ～』

とんでもない誤解だし、兄ならピッタリだななんて考えるが、ライアンにそんなふうに見られているのは嬉しく思う。

『そうか？　優しいし、今は可愛いが、将来的には美しくなりそうだ。ユーマの穏やかな空気は、とても落ち着くぞ。……これは、キミのお兄さんと共通するものかな？　ユーマの場合はそれに生き生きとした朗らかさが感じられて、心地いい。なんというか……ユーマと一緒にいるのは気持ちいいんだ。ユーマはどうかな？』

『ボクは……よく分からないけど、ライアンといると楽しい。でも、キラキラの王子様スマイルが目に眩しくて、優しく微笑まれたりすると心臓に悪いっていうか……』

『それは、私を意識しているということだな？』

『うーっ』

否定できないのが困ると眉根を寄せていると、ライアンにツンツンと眉間を突かれてしまった。

『そんな顔も可愛いが、ここは素直に認めてくれないかな？　私は、全力でユーマを口説きたい』

『で、でも、でもっ。ライアンはアルファで、男の人で、イギリス人で、伯爵で……やっぱり夢の中の人っていうか、非現実的というか……』

『私はここにこうして存在しているし、ユーマが好きという気持ちも本物だ。子供のいない夫婦だって少なくないわけだから、男同士というのは、気にしなくていい。住む国が違うのは……少し時間がかかるが、日本に移住するという手もある。日本は移住の条件が厳しいし、なかなか認められないようだが、住むだけならなんとでもなる』

『ええーっ。い、移住？　ライアン、イギリス人なのに？　もう、ちゃんと仕事してるのに？それって、すごく大変なんじゃ……』

『会社は少し整理する必要があるが、ネットがあれば問題ない。仕事をしすぎだと秘書からも言われていることだし、セーブするのも悪くないな』

『……秘書の人の意図とは全然違うと思うよ……かわいそうすぎる』

『ユーマは高校生だからな。イギリスの大学に入るのもいいが、イギリスより日本のほうが人の目は優しいはずだ。それに、日本から離れたくないんだろう？』

『それは、もちろん。将希も夏希も可愛いし、どんどん大きくなるのを見逃したくない』

『可愛がっているものな。ユーマが動けない以上、私が動くのは当然のことだ』

『当然……』

『欲しいものを手に入れるために動くのは、当然だろう？』

『……』

ライアンは一時ののぼせた状態ではなく、未来を見据えているのだと教えてくれる。本気なのだと伝えられて、嬉しくないはずがなかった。

なんだか泣きそう……と胸が熱くなる。

『私が本気であり、怖がらなくても道はいくらでもあると知ってくれればいい。ユーマは余計なことを考えず、ただ私が好きか、受け入れられるかだけ考えてくれれば、他はすべて私が排除する』

『好きかどうか……？』

『そうだ。私の背景は関係ない。私という人間を見て、知って、好きかどうかだ』

『……』

ライアンの言葉をきちんと理解しようと、悠真は考え込む。

ライアンが相手では、高校生同士の微笑ましい恋愛にはならない。国や立場の違い、いろいろなしがらみ――好きという気持ちだけで突き進むわけにはいかない。

けれどライアンは、余計なことは考えないで、好きかどうかだけでいいと言った。立場の違いやしがらみなんかは、ライアンがなんとかしてくれると言っているのだ。

悠真がグルグルと考え込んでいる間に、ライアンはフロントに電話をしてテーブルを片付けさせる。

それからアメヤ横丁で買ったカイヒモを鞄から取り出し、日本酒の残りを楽しんでいた。

『……カイヒモ、気に入ったんだ』

『サキイカも旨かった。この二つは、切らしたくないな』

『スーパーやコンビニでも売ってるよ。……ボクにもちょうだい』

『どうぞ』

のんびりとカイヒモを齧りながら、昼間回った建物や観光地の話をする。

ごく普通の会話をしながら、悠真の頭の片隅では先ほどライアンに言われたことがグルグルと渦巻(うずま)いていた。

のんびりとした時間を過ごし、そろそろ寝ようかと歯を磨いて寝室に向かい――大丈夫だと思いつつ、ドキドキしてしまう。

二つ並んだダブルサイズのベッドの一方から毛布の端を引っ張り出していると、ライアンが近づいてきてチュッと額にキスをされた。

『これくらいはいいだろう？』

『……』

ライアンにとっては大したことのない行為でも、悠真には初めてのおやすみのキスだ。

しかもそれがなんとも意識させられる相手とあって、平静ではいられない。

（あうぅ……）

布団に入ったあとも、悠真はドキドキしてなかなか寝つけなかった。

★
★
★

京都観光二日目は、ドライバーが旅館まで迎えに来てくれた。

ライアンがチップを渡したせいか、昨日以上に張りきって建築関係のネタを仕入れてあれこれ話してくれる。

京都駅近くにある施設は昨日のうちにがんばって回ったので、今日はいかにも観光といった場所が多かった。

二条城（にじょうじょう）に映画村に金閣寺（きんかくじ）——どこも人でごった返している。

映画村では悠真が若殿に、ライアンが忍者に扮したが、その長身と存在感で『全然忍んでない』と笑ってしまった。

『そういえば、本物のスパイは平凡そのもので、目立つ人間はスパイになれないって聞いたことがある』

『それはそうだろう。会った人間に一度で覚えられ、行動を注視されるアルファがスパイとして活動するのは難しい。敵国の要人に迫って、情報を引き出すくらいならできそうだけどね』

『アルファのハニートラップかぁ……分かっていてもペラペラ喋（しゃべ）っちゃいそう』

『そんな面倒なことを引き受けるアルファは少ないと思うが——ユーマ、そこに立ってくれ。写真を撮る』

『はーい』

ライアンにとって興味深い昔の町屋風景だから、写真の枚数はさらに多くなっている。見慣れないものが多いし、人が入っているほうが対比で大きさが分かってありがたいらしい。

悠真は若殿の格好のまま、『火消しの纏でーす』と笑いながらポーズを取る。

羽織袴の悠真も暑いが、全身黒装束のライアンはもっと暑そうで、撮るだけ撮ったらさっさと脱いでしまうことにした。

『とてつもなく暑かった。……あの、姫の着物は、相当暑いんじゃないか？』

『すっごく暑いと思うよ。カツラも被ってるし。根性だねぇ』

自分たちにあの根性はないと頷き合って、屋外にいるのはきついと早々に退散した。

『暑ーい』

「お疲れさまでした。クーラーを強くしますね」

「ありがとうございます。ふうっ」

ぬるくなったペットボトルの水をゴクゴクと飲みながら、ライアンが呟く。

『キンキンに冷えたビールが飲みたい……昨日の二本目がいい』

『二本目？　ああ、あれか。将宗さんと好み、同じなんだね。やっぱり親戚なんだなぁ』

『同じか？　マサムネのところで飲んだのとは色が違ったが……』

『今うちにあるのは、夏限定なんだよ。定番は、昨日ライアンが飲んだやつ』

『そうなのか。マサムネのところで飲んだのも、確かに旨かった」

『他のよりちょっとお高いだけあるんだねー」

タクシーでの移動が、この暑さではいいクールダウンになる。それに観光地はたいていたくさん歩くので、こうして座っていられるとホッとする。

『夏の京都はきつい……』

『暑すぎるな。観光にはどうかと思う暑さだ』

体力に自信がありそうなライアンでも、日本の暑さは応えるようだった。

『予定ではあと金閣寺だけだから、サクサクっと観て、宿に入ろうか。金閣寺も人でいっぱいで、疲れると思うし』

『そうだな。風呂に入って、ビールを飲みたい』

どうやらライアンは、シャンパンやワインよりビールのほうが好きらしい。

お貴族様なのに……と不思議に思う気持ちと、とっつきやすくていいという気持ちがある。

ライアンと一緒にいる時間が増えるにつれ、ライアンに感じていた垣根は低くなっていった。

金閣寺も予想どおり人が多く、鐘楼(しょうろう)や庫裏(くり)などを早足で見ていく。

それから、本命の舎利殿(しゃりでん)だ。金箔を貼りかえてからもう三十年くらい経っているそうだが、まだ充分美しい。

『……派手だな』

『夏だから余計？　秋に来たときは、ここまでキラキラしてなかったような……。あ、金箔を貼りかえた直後はすごかったたって。うちの両親が言うには、キラキラというよりギラギラだったとか。遠くからでも光って見えたらしいよ』

『それは、なんというか……すごいな』

『ちょっと見てみたいよね。どれだけギラギラだったのか気になる』

自分の住む家が目に眩しいのは困るが、観光先なら派手なほうが楽しい。

『それにしても、暑い……』

『暑いな……』

金閣寺に反射する太陽の光が、暑さを増している気がする。

人の波を縫うのも大変だしと、一通り観たところでもういいかということになった。

『……ん？　あれは、カフェか？　和風でいいな。少し休もうか』

『うん』

寺の雰囲気に合わせて茶屋といった感じだが、コーヒーや紅茶もある。

『抹茶……はちょっと苦くて苦手だからパス。でも、抹茶ソフトは食べたいなー。あ、みたらし団子も美味しそう。ライアンはアイスティー？』

『いや、ユーマと同じのがいい。初めてのものにチャレンジだ』

『了解。じゃあ、ボクが買ってくるね。ここで待ってて』

『一緒に──』

『大丈夫、大丈夫。イギリス人のライアンには、この暑さはきついでしょう？　休んでていいよ』

『そうか？　ありがとう』

イギリスは夏でもそう暑くならないとのことで、日本の暑さと湿度には辟易しているらしい。太陽を浴びられるのは嬉しいが、湿度はなんとかならないのかとぼやいていた。体力に自信があっても、この蒸し暑さには少々バテ気味らしい。

なので、まだ暑さに慣れている悠真が率先して動くようにしている。

二人分のみたらし団子と抹茶ソフトクリーム、冷たい水を買って代金を払い、トレーに用意してもらう。

片付けは必要ないと言われて席に行ってみれば、ライアンが無表情になっていた。

その向かいの席には金茶の髪の女性がいて、キラキラと眩しいとびきりの美女だ。しきりにライアンに話しかけている。

（またナンパされてる……）

二人でいても声をかけられるが、一人だと特にすごい。しかも一目でアルファと分かるライアンにアタックするのは、自分に自信のある美人ばかりだった。

これが高校の友達なら気を利かせるべきか迷うところだが、能面のようになっているライアンは明らかに迷惑そうだ。

悠真はトレーをテーブルに置いて、ライアンに声をかける。

『お待たせ。……すみません、そこ、ボクの席なので』

『あら、ごめんなさい。日本の子？　英語、上手なのね。私、日本語が全然できなくて困ってるの。私、オメガで、初めての一人旅がちょっぴり寂しくて……ご一緒させてくれないかしら？』

にっこりと微笑む美女は、庇護欲をそそるタイプだ。それに身につけた衣服やアクセサリーはいかにも高級そうで、上流階級の女性なのだろうと分かる。

（お金持ちのオメガ女性が、一人旅……？）

安全といわれている日本だからだろうかと、内心で首を傾げる。

海外のセレブ――特に誘拐の危険性が高いオメガは、どこへ行くにもボディーガード付きだと聞いたことがある。

悠真がそんなことを考えている間に、ライアンが冷たい声できっぱりと拒絶した。

『そのつもりはない。さっさとそこを退いてくれ』

（わぁ……夏なのに、氷点下声……）

今までで一番冷たい、感情のこもっていない声だ。

ライアンのこんな声を聞いたのは初めてだから驚いたし、自分に向けられていたらカチカチに凍りついてしまいそうだった。

軽い威圧の効果があるのか、実際に女性は顔を青くしている。

『ご、ごめんなさいっ。失礼するわね』

慌てて席を立って走り去る姿を見ながら、ふうっと溜め息を漏らす。

『ライアン、本当にモテるね。ボクがいても声をかけられるし、いないと即行だし……虫除けが必要っていう意味がよく分かる』

『ああ、面倒くさいんだよ』

『大変だねぇ。それにしても、オメガの女性が一人旅って……大丈夫なのかな？』

『ボディーガードらしい男女がついているようだから、問題ないだろう』

『えっ、そうなんだ。気がつかなかった……』

だからライアンの態度が、今まで以上に冷たかったのかと思う。

アルファより人数の少ないオメガの求愛は、断られることがあまりない。取り合いになっている状態だから、オメガの希望はたいてい通るのだ。それゆえライアンは、下手に希望を持たせて外堀を埋められては大変と思ったのかもしれない。

将宗も悠希と出会うまでは、一切の隙を見せずに退けていたと聞いたことがある。

幾度となくナンパされているライアンではあるが、さすがにオメガ女性からされているのは初めて見たので、悠真は胸の奥にモヤモヤとしたものを感じた。

不安や恐れ、苛立ちといった、いやな感情だ。

イギリス貴族のライアンなら、将宗よりもっと多くのオメガたちに求愛されているかもしれないと思うと、とても気持ちが沈んでいく。

『ライアン……オメガの人にもモテるんだ……アルファよりオメガのほうが少ないし……もったいなくない？』

『いや、まったく。オメガに言い寄られるのは、これまでに何度もあったことだが、まったく心が動かなかった。欲しいと思ったのはユーマだけだと言っただろう？』

『うっ……』

熱い瞳で見つめられて悠真はカーッと顔を赤くし、胸に巣食ったモヤモヤが綺麗に消えていくのを感じた。

やっぱりライアンは、悠真の欲しい言葉をくれる。不安を覚えても、すぐに一蹴してくれるのだ。

美しいオメガ女性にさえいい顔を見せないライアンに、悠真は顔を赤くしたままトレーをライアンのほうに押す。

『ええっと……暑いから抹茶ソフトと、このお団子は喉に詰まらせないように気をつけてね』

『ありがとう』

まずは溶けないうちにと抹茶ソフトクリームを掴み、ペロリと舐めて二人揃ってふうっと息を吐き出す。

『冷たくて、旨い』

『体の中からクールダウンするのが、一番効くよね。ああ、ホッとする』

溶ける前に一気に舐め、コーンも全部食べてから冷たい水でソフトクリームの甘さを流し、てっとり早く体温を下げる。

それからトロリとしたタレのかかっているみたらし団子に手を伸ばした。

『これは……不思議な食感だが、このソースが旨い』

『甘じょっぱい味は、外国の人にも人気だもんね』

天丼の店でも外国人観光客たちが嬉々として食べていたことを思い出しながら、悠真は首を傾げて聞く。

『よく分からないのは、旅先でナンパしてどうするのかなっていうことなんだけど……。昨日の二人組はアメリカ人って言ってたし、さっきの人は発音がイタリアとかフランスっぽい感じ？　もしうまくいっても、すっごい遠距離恋愛になるよね？　旅先でナンパする意味って何？』

『あー……私はアルファと分かりやすいだろう？　アルファなら、番でなくても恋人にいろいろと融通を利かせることができるからじゃないかな』

『ん？　どういう意味？』

『……まぁ、世界中に恋人を作って飛び回るアルファもいるということだ。そしてその恋人は、なかなかいい生活ができる』

『えっ？　世界中に恋人って……それ、恋人って言う？　そんなの目当てで、旅先にもかかわらずアタックしてたの？』

『そういう人間もいるということだ』

『理解できない……』

普通、恋人は一人だ。それが世界中にいて、自分といないときは他の誰かと過ごしているなんて、我慢できそうにない。

いくら恋人期間はいい生活ができるとしてもいつ捨てられるか分からないし、嫉妬や不安、将来への恐れを考えたらわりに合うとは思えなかった。

むむむと考え込む悠真に、ライアンが苦笑する。

『ユーマは理解なんてしなくていい。擦れた大人の考え方だからな。恋人といえば聞こえはいいが、ようはたくさんの愛人の一人になっても、甘い汁が吸いたいということだ。美貌に自信のあるベータならではかな』

『……たくさんのうちの一人はいやだな』

悠真がそう零すと、ライアンは甘ったるい笑みを向けてくる。

『私もだ。たくさんの花を愛でる趣味はない。愛おしむ相手は一人でいい』

『ライアン……』

ソッと触れてくる手からライアンのぬくもりが伝わり、じんわりと優しいものが入ってくる気がする。

アルファには魅了の力があるといわれるのがよく分かる。

クーラーの効いた茶屋の中、まだ完全には熱の引かない体に体温とは違う熱が広がっていく。これはきっと、悠真が本気でいやがれば拒絶することができる。本能で、そう感じた。

けれど悠真はいやだと思わず、それを受け入れる。ライアンと一緒にいる時間が増えるたび、ライアンが好きだという気持ちも増えていった。

悠真は手を返し、ライアンの手をソッと握り返した。

どうにも照れて困ってしまう時間は、タクシーに乗ってからも変わらない。悠真はライアンの顔が見られず、照れ隠しに宿に着くまで運転手とばかり話していた。

高級そうな旅館にチェックインして、部屋へと案内される。

昨日と同じように夕食前に風呂で汗を流して寛ぐことにしたが、悠真はライアンの顔を直視できなかった。

なんだかずっと、フワフワソワソワした気分で過ごすことになる。

風呂上がり、美味しそうにビールを飲んでいるライアンが、ニヤリと笑った。

『意識してくれているようだな』

『うーっ』

そんな顔にも色気があって、心臓がドキドキとうるさい。

確実にライアンを好きになっていること、そしてそれをライアンに知られているのだから困ってしまう。

冷たいコーラも、品数の多い贅沢な夕食も、気もそぞろな状態で味わうことになる。

地に足がついていない感覚はずっと続き、そろそろ寝ようかと言われて最高潮に達する。

『あ、あの……』

まさかとか、もしかしてと、不安か怯（おび）えか分からない心境でいると、ライアンはフッと笑って額にキスをしてくる。

『――』

昨日より長く、ぬくもりを感じる。

『おやすみ』

『……』

ベッドに入って寝つけない時間も、昨日より長かった。

★
★
★

翌朝、なかなか寝つけなかったせいか、目が覚めたあともベッドの中でぼんやりしていると、ライアンにおはようのキスを頬にされてしまう。

『お、お、おはよう……』

さすがに意識がはっきりして、照れながら起き出すことになる。

寝乱れた浴衣を直してサッと朝風呂に浸かり、朝食を摂った。そして身支度を整えてから観光だ。

二人とも暑さに辟易しているので、予定を少し変更して、美術館や博物館といった涼しい施設をゆっくり見ることにする。

『……ライアンが選んだだけあって、変わった建物』

『それ自体が芸術品である美術館は多いんだ。ただの箱じゃつまらないだろう？　それに、絵画や彫刻を観にではなく、建物目当ての客を取り込むこともできる』

『ああ、なるほど。実際、ライアンがこうして観に来てるもんね』

『そういうことだ』

寺や神社に比べると、美術館は空いていて助かる。人の多さ、歩きにくさが暑さに拍車をかけ、うんざりさせていた。

それでも、鳥居で有名な神社だけは行きたいとライアンが言い、覚悟を決めて人混みの中に飛び込んでいく。

『……ああ、この連立する赤い鳥居は、本当に美しい。漢字が書かれているのが、オリエンタル感を強くしているな。これは、なんて書いてあるんだ？』

『この鳥居を寄付した人の名前と、日付かな？　こんなふうに名前が残るのが嬉しいから、どんどん増えたのかもね』

『それで、より華やかになるわけか……』

『ここが人気なのは知ってたけど、なんでか分からなかったんだ。実際に観ると迫力があるし、確かにすごく綺麗だよね』

『それだけでなく、幻想的で不思議な感じがある。これは、夜のほうが雰囲気が出そうだ。ロウソクの揺らめく炎でライトアップされていたら、より美しいんじゃないか？』

『うっ……そうかもしれないけど、ボク、夜の神社はちょっと……ホラーものの定番の場所だよ。それに神社の場合、人間も怖い……呪いの藁人形（わらにんぎょう）を打ちつけるお姉さんを見ちゃったら、気絶するかも……』

寺や神社は夜に来るものではないし、罰が当たるようなこともしたくない。

それは子供の頃の夏休み、田舎の祖父母の家に預けられていたときに植えつけられた考えかもしれない。

『神社とは、神の住む家という意味だろう？　そんなところにゴーストや呪いをかける人間が出るものなのか？』

『そう言われてみると……あれ？　神域だから幽霊は出ない？　でも、神域だから呪いは有効？　呪いも神様への祈りの一種なのかな？』

よく分からないと首を傾げつつ、やっぱり夜はごめんだと呟く。

昼間で、まわりに人がたくさんいてさえ、やはり独特の雰囲気は消えない。観光地として人気があっても、神域ならではの気配を感じられた。

それでも、美しいものは美しい。

悠真はスマホで何枚も写真を撮り、旅館へと向かうタクシーの中で悠希に送る。

悠真のことをひどく心配している悠希のために、マメにメールを送り、宿に着いたら電話もしている。

悠希は忙しい両親に代わって悠真の面倒を見てくれていたから、過保護なところがあるのだ。

『ユーキにか？』

『そう。心配させたくないんだよね』

『こっちは、マサムネから報告しろ、手を出していないだろうなと、しつこくメールがくる。鬱陶しいやつだ』

その言葉に、悠真は笑ってしまう。

『弟のボクが泣くようなことになったら、兄さんも一緒になって悲しむからね。将宗さんは、ボクごと兄さんを守ってるんだ』

旅行中の会話の中で、今は悠希が親代わりなこと、甥っ子たちが可愛くて仕方がないことなど、いろいろと自分の話をしている。

だからライアンも、悠真の言葉に顔をしかめながら頷いていた。

『理解はできるが、鬱陶しいのは間違いない。……私も、ユーマの元気な写真を送って黙らせるとするか』

そう呟きながら見せられたライアンのスマホのメール受信履歴には、ズラズラと将宗の名前が続いている。朝から一時間ごとに送ってきているようだ。

『将宗さん……』

『な？　鬱陶しいだろう？』

『ひ、否定できないかも……』

悠真の場合は自分からマメに悠希にメールをしているから、悠希からは返信しかない。こんなふうに一時間ごとにメールをされたら、うんざりしそうだった。

『マサムネがイギリスに来たときはつまらなそうな人間だったのに、ずいぶんと変わったものだな』

『つまらなそう？』

『ああ。そつなく社交をこなし、乗馬なども楽しんでいるように見せかけていたが、心の底から——というわけではなさそうだったな。付き添いで来ていた祖母のために、楽しんでいる様子を見せていたんだろう』

『イギリスの、本物のお城に滞在なんて、すごく楽しそうなのに……』

『屋敷の半分をホテルにして、エステや湖へのピクニック、ヨガや乗馬などの娯楽をいろいろと用意しているから、一週間くらいは楽しめるように設定してある。本物の城に泊まるというのは、なかなか人気があるんだ』

『それはそうだよ。本物の伯爵家の、本物のお城に泊まれるなんて、うわぁって思うもん。女の人は大好きなんじゃない？』

『ああ。女性客のほうが圧倒的に多い。写真映えするように、ホテル側の壁に紋章を彫らせたり、あちこちにタペストリーを飾ったり。少しばかりあざといほうが、受けるようだ』

『写真映えは大事だよねー。映えスポットが多ければ多いほど満足度は高そう。貴族の紋章って特別感があるし、やっぱり感動すると思うな』

『食器やカトラリーも写真に撮っているらしいから、そうなんだろう。……大量に作らせたんだが、土産として意外なほどよく売れているそうだ』

『記念に、ちょっと欲しいもん。使いやすいマグカップとかね。ハネムーンなら、奮発して食器を揃えてもいいかも。特別な日に使うのにいいよ』

『そうらしい。おかげでホテルは大人気。紋章入りの土産も飛ぶように売れていて、経営状況はすこぶるいい。タオルやキーホルダー、テディベアまで紋章入りにしているほどだ』

『分かるー。ボクだって、紋章入りなら買おうかなって思う。キーホルダーなら持ち歩いて、本物のお城に泊まったんだよって自慢できるし』

『そうか。ユーマは、城が好きなんだな。それならいつか、招待しよう。すべてが片付いてからになるが』

ライアンの声には熱と冷気の両方が含まれている感じで、悠真を困惑させる。

『私は、ユーマへの求愛をやめるつもりはない。当然一騒動起こるだろうから、実家にユーマを連れていけるのはそれらが収まってからになる』

『あー……うーん……』

それはつまり、悠真とライアンが恋人同士になるということで——悠真はそう考えてアワアワしてしまった。


三泊目の宿は、一番楽しみにしていた竹林の道からさほど遠くない嵐山（あらしやま）にある。宿自体も、竹林の庭が自慢らしい。

予定より早めに着いて離れへと案内され、涼しい部屋でお茶を飲んで一息ついた。

『はー……疲れた。タクシーで楽してるのに、人の多さと暑さに負けた……』

『どこも人が多いからな。それに、太陽の強烈な照りつけに湿度が加わると……日本の夏は過酷だ』

『アフリカの人が、日本は暑すぎるって言ったっていう笑い話があるくらいだからね。年々、ひどくなってきてる気がする……』

外に出るのがいやになる日も多いので、夏休みが長くて助かる。

涼しい部屋で甥っ子たちを構いつつ、溜め込んであるドラマや映画を見て、宿題をするのだ。

用もなく、外をフラフラ歩き回りたいような気候ではなかった。

『仲居さんが、竹林の道に行くなら夕食のあとのほうがいいって言ってたから、少しは暑さがマシだと思うんだよね』

『人でいっぱいで、情緒も何もあったものではないらしいな。事前にその情報を得たから、歩いていけるこの宿にしたんだ。七時を過ぎると人は少なくなって、ライトアップされた竹林が神秘的らしい』

『朝食前の早朝もいいって言ってたよ。楽しみだなぁ』

『私は、風呂も楽しみだ。肩まで浸かると、疲労が抜けていく気がする。先に入っていいか?』

『どうぞー』

『ビールを持っていって、湯に浸かりながら飲もう。素晴らしく旨いはずだ』

『それは危険な気が……ライアンは強いから平気かな？』

『それくらいじゃ、酔わない。……さて、何にするかな』

ライアンは冷蔵庫の前に座り込み、浮き浮きとビールを選んでいる。

『おっ、飲んだことのないのがあった。これにしよう』

『夕食まで時間があるから、ごゆっくり～』

『そうする』

ビールを掴み、着替えを持って浴室に向かうライアンを見送る。

「ボクも冷たい炭酸が飲みたい……」

日本茶はホッとするが、なかなか汗が引かない。

悠真も冷蔵庫の中のものをじっくりと見て、瓶のラムネがあるのを見つけた。

「ラムネーッ。しかも、ちゃんと瓶ーっ。うわぁ、久しぶりに見た」

これは飲むしかないだろうと掴んで、座椅子に戻って封を取る。そして気合を込め、ビー玉をグッと下に押した。

「わわわっ。零れる！」

噴き出しそうになったラムネを、慌てて口をつけて吸い取る。

「うーん、懐かしい味」

冷たくて、甘くて、美味しい。喉をくすぐる炭酸が、なんとも爽やかだった。

「二階建ての離れって、贅沢だなぁ。庭も綺麗だし、他の人の気配がないのは落ち着くかも……」

それにここの風呂は庭に面した外に造られていて、屋根があるから雨は気にしなくて大丈夫とのことだった。

ライアンがビールを持っていったのも、それを聞いたからだ。

「んー……兄さんにメールしようっと。宿に無事着きましたって報告しないとね。……あっ、この時間なら将希がお昼寝から覚めてるかも。電話にしようっと」

将希と話せると嬉しいなと思いながら通話ボタンを押し、悠希にかける。

『……はい。悠真、元気？』

「元気だよー。そっちは変わりない？」

『うん、普通。夏希も今のところ、体調を崩したりしていないし』

「暑いから、気をつけないとね。将希は？　まだお昼寝中？」

『もう起きたよ。将希〜、悠真から電話だよ』

『ゆーまちゃ！』

「将希〜。元気にしてる？」

『げんきっ』

「そう。よかった。暑いから、お水をたくさん飲んでね。お土産に美味しいものをたくさん買って帰るよ」

『いつ～？』

「えーっと……明々後日だから、夜、三回眠ったらだね。一回、二回、三回……分かる？」

『わかるけど……いっかいじゃ、ダメ？』

「ダメだねぇ。三回だよ。もうちょっと待っててね。帰ったら、プールに行こうか？」

『いくーっ』

どうやら機嫌が直ったらしい声にクスクスと笑っていると、悠希に代わる。

『こういう感じでこっちはいつもどおりだけど……悠真はその……変わりない？』

電話のたびに、確認されることだ。兄は弟の貞操(ていそう)をずいぶんと心配しているらしい。

日に日にライアンに惹かれていく悠真の返事は、どんどんキレが悪くなっていた。

「と、とりあえず。でもー……そのー……ライアンは、すごく優しいんだよ」

『あー……そう。その感じだと、ライアンさんのこと、好きになっちゃったかな？』

「う、ん……その……難しいの分かってるし、やめたほうがいいのも分かってるんだけど……」

『好きっていう気持ちは、損得勘定じゃないもんね。止めようと思っても止まらないのも分かるし……ボクだって、その……一応、経験があるから。悠真はボクのときより大変だと思うけど……分かった。悠真の思うようにするといいよ。ボクは、悠真を応援する』

「あ、ありがとう……」

言葉を濁した曖昧な言い方でも、悠希は悠真の複雑な心境を理解してくれる。そのうえで、応援するから好きにしていいと言ってくれるのだ。なんとも心強く、頼もしい兄だった。

ホッとしながら通話を切って、座椅子に凭れかかる。

ラムネを飲んで自分の鞄をゴソゴソと探り、着替えを取り出して浴衣と一緒にしておいた。そして暇潰しにスマホで撮った写真の整理をしていて、ライアンが写っているものをライアンのスマホに送る。

真面目な顔で天井を見つめるライアン。おどけた表情で、狛犬の顎を撫でるライアン。いろいろな表情が写っていて、楽しい。

旅行初日からどんどん増えていく写真を見返していると、あっという間に時間が過ぎた。

『いい風呂だった』

浴衣姿のライアンが、ご機嫌で戻ってくる。アルファだけあって学習能力の高いライアンは、今日はピシッと着こなしていた。

（おおっ、格好いい……）

にやけた顔をしているかもしれないと慌てて写真アプリを閉じ、スマホをテーブルの上に置く。

『じゃあ、ボクも入ってくる』

『ああ。外の風呂は気持ちがいいな』

『暑そうじゃない？』

『その分、ビールが旨い』

『……ボクも、ラムネを持っていこうっと』

着替えとラムネを持って浴室へ行き、服を脱いで外へと出る。

「暑い……」

ぬるめのシャワーで髪と体を手早く洗い、湯に浸かった。

「うーん……確かに、冷たいラムネが美味しい。それに、竹林が涼しげでいいなぁ」

青々とした竹が風に揺れ、サワサワと耳にも気持ちがいい。

悠真はぼんやりとその風景を眺め、ラムネを飲んでのんびりとした時間を堪能した。

「ダメだーっ。暑い！」

やはり、真夏の浴槽には長時間入っていられない。悠真はラムネを飲み干すと、湯から出て体を拭いた。

浴衣を着て、クーラーの効いた部屋へと逃げ帰る。

『暑い！』

『お帰り。顔が真っ赤だぞ』

『暑いんだもん。スポーツドリンク、飲もうっと。水分補給しなきゃ』

　ライアンはもう、二本目のビールを飲んでいる。

『竹林というのは、目にも耳にも心地いいな』

『それには同意するけど、夏だから外のお風呂はやっぱり暑いよ。冬は雪が降っていれば情緒はあるけど、寒すぎるかなぁ。やっぱり、春が一番かも。採れたてのタケノコの刺し身が食べられるって言ってたし』

『春にまた来るのもいいな。予約を取るのは大変だったようだが。私がこの宿を指定したので、あまりの難しさに家名を使ってもいいかとまで聞かれたからな。この宿の取れる日に合わせて、旅行の日程を決めたほどだ』

『京都の人気の宿は、争奪戦だって聞いたことがあるよ。もはや個人で取るのは至難の業とか、旅行会社のツアーじゃないと無理とか』

『そのようだ。秘書にぼやかれたぞ』

『秘書さん、大変だねぇ』

『それが仕事だから、いいんだ』

　二人とも温泉で少しばかりのぼせた体に冷たい飲み物を流し込み、クールダウンする。

『それにしても、夏の観光はきついね。美術館とかの屋内施設ならいいけど、お寺や神社は暑くて大変だよ』

『ああ。私もそれは実感した。日本の夏が、これほど暑いとは思っていなかったんだ』

それなのにカツラに白塗りの化粧をした、舞妓（まいこ）姿の観光客がそれなりの数いたのには驚くしかない。

ライアンが怪訝（けげん）そうに、『ずいぶん着込んでいるように見えるが、あれは暑くないのか』と聞いてきて、『暑いに決まってる！』と悲鳴のような声をあげてしまった。

今日観たものについてあれこれ話していると時間は過ぎ、夕食の準備が始まる。例によって品数の多い、懐石料理だ。

タクシーの運転手が気を利かせて、ランチにフレンチやイタリアンレストラン、ハンバーガーショップといった店に連れていってくれたから本当に助かっていた。

おかげで宿の食事を美味しく食べることができる。

『ライアンは、旅館の食事に飽きない？　朝晩、ガッツリ和食だよ』

『今のところ、大丈夫だ。料理の数が多いし、味にも幅がある。何より、器（うつわ）が素晴らしいな。いろいろな大きさや形、植物を模したものもあって目に楽しい』

実際、先付けの長皿も、刺し身の平皿も、小鉢や蓋のついた器も、すべて色や形、質感が違う。

『日本の陶器は、作っている土地で全然違うんだよね。外国の人には、真っ白で絵付けの華やかな、こういう有田焼（ありたやき）が受けるんじゃない？』

赤が印象的で、並んだ器の中でもひときわ華やかだ。

ライアンは頷きながらも、刺し身の載った平皿を指さした。

『私は、これも好きだ。なんとも優しいクリームがかった白で、微妙に波を打つ形がいい。実に美しいな』

『ああ、素朴だけど綺麗だよね。どこの陶器なのかな？　詳しくないから、分からないや』

そもそも悠真は、食器の類いに興味がない。家ではあるものを適当に使っているし、買い足すとしたら悠希だった。

有田焼は有名だし分かりやすいから知っているが、他は区別がつかないのである。

『ボクは、イカの和え物が入ってる、この小鉢が好き。花の形で可愛いよね』

『ああ。色も淡いピンクで上品だな』

あれがいい、これはちょっと……と話をしながらも食事をし、ライアンはご飯のお代わりもする。白飯の美味しさが分かってきたと、ご満悦だ。

料理の数が多すぎてご飯は少ししか食べられなかった悠真は、やっぱりうらやましく思いながら夕食を終える。

『うーん、お腹いっぱい……』

『少し休んでから、竹林の道へ行くことにしよう。七時を過ぎると、一気に人が減ると言っていたしな』

『歩いて行ける距離の宿っていいね。夜と朝、どっちも楽しめる』

それに、食後の散歩にはちょうどいい。食べすぎなほど満腹だから、歩くのは悪くなかった。

下駄を借りて、浴衣のまま旅館を出る。夜はさすがに少し気温も低く、スマホで地図を見ながら竹林の道へと向かった。

『風が気持ちいい……』

『日が暮れると、少しは楽になるな。蒸し暑いのは同じだが』

『日本の夏は湿度が高いからね。八月に入ったら、もっと強烈に暑くなるよ』

『これ以上？』

『うん。外に出るのが怖い日とかあるもん。下手に風が吹くと、熱風で逆に暑かったりとか』

『それは、また……想像できないな』

『あれは実際に体験してみないとね。ボク、その時期は京都に来たくない』

『私もごめんだな。今でさえ、体に応える』

すっかり日が暮れた竹林の道は、ライトアップされている。歩く人影はあるものの、気になるほどではなかった。

『美しいな……』

『うん、すごく綺麗』

それに、サワサワという葉擦れの音が落ち着く。

遠くから聞こえる人の声も、竹の葉擦れに溶け込んでしまう。人すらも竹に呑み込まれてしまいそうな怖さを感じた。

都会の真ん中で育ったからか、悠真は大自然といわれる場所がちょっと苦手だ。虫も得意ではないし、どうにも落ち着かなかった。

ライトアップされ、幻想的な美しさのある竹林はその奥が暗闇で、感嘆と同時に不安を掻き立てられる。

悠真は無意識のうちにライアンにくっつき、浴衣の袖をギュッと掴む。

『どうした？』

『奥が真っ暗で、ちょっと怖いなと思って……』

『ああ、ライトアップされているのは道側だけだからな。私は、城の近くに森があったから慣れているが、ユーマは苦手か？』

『うん……』

『道から外れるようなことをしなければ、自然はそう恐ろしいものではないよ。敬い、大切にし、正しい道を通ればいいだけだ』

『うん……』

悠真が怖がっているものを、ライアンは正確に把握したらしい。

優しく笑みを向けられ、諭されて、悠真はコクコクと頷いた。

ライアンは、不思議なほど悠真のことを理解してくれる。それはもちろんいろいろと聞かれたことから判断しているのだろうけれど、理解しようとしてくれるのが嬉しかった。

まだ出会ってそう経っていないが、ライアンは常に誠実に悠真と向き合っていた。

アルファならではの俺様感は端々に感じられるものの、悠真をベータだからと見下すことなく、真摯に愛を告げる——そんな相手を好きにならないはずがない。

悠真はソッとライアンの手に触れ、それからしっかりと握りしめる。そして覚悟を決めて、ライアンを見つめた。

『……ライアンが、好き』

『………』

驚きに目を瞠ったライアンが、次の瞬間、嬉しそうに笑う。

痛いほど、ギュッと抱きしめられた。

『すごく……すごく、嬉しい』

耳元で囁かれる声にカッと体が熱くなり、優しいキスが降ってくる。

重なった唇からライアンの体温が伝わってきて、悠真は目を回しそうになった。

我に返ったのは、話し声が近づいてきたからだ。それによって、一瞬とも永遠とも分からないキスは終わり、悠真は顔を真っ赤にして俯くことになる。

『歩こうか』

ライアンの大きな手が悠真の手を握り、悠真はコクコクと頷いて繋いだ手に力を込めた。

ここに、他人の目はない。再び歩き始めた二人の距離は今までより遥かに近く、くっついたまま竹林の道を楽しむ。

こうしていると、もう暗闇の怖さは感じない。繋いだ手から伝わるぬくもりが、悠真を安心させてくれた。

ライアンと寄り添って歩くだけで、何も話さなくても満たされるものがある。

幸せな散歩を終えて宿に戻ると、ライアンに風呂で汗を流さないかと誘われた。

『えっ⁉』

突然の、とんでもない申し出に悠真はアワアワと動揺する。

さすがに、両想いになった直後では気軽に頷けない。ただ単に汗を流すだけではないというのは理解していた。

もしかしたらライアンにその気はないのかもしれないが、裸になる風呂に一緒に入ろうと言われるのには平静ではいられなかった。

悠真が顔を真っ赤にしてあうあう言っていると、ライアンがクスッと笑う。

『旅先で、ユーマが動けなくなるようなことをする気はないから、安心していい』

『あ……うん……』

よかったと安心するような、残念なような……自分の気持ちを量りかねている悠真に、から

かいを含んだ声がかかる。

『もちろんキスはするし、少し触れるかもしれないが、それくらいはいいだろう？』

『あう……』

答えられない質問をされても困るだけだ。いいとも悪いとも言えなくて、悠真は視線をウロウロさせた。

ライアンにはきっと、いやだと思っていないのを把握されている。

そう考えると恥ずかしくてたまらないが、口に出さなくても分かってもらえるのは楽でもあった。

『私はユーマが好きで、プロポーズもしている。ユーマも好きだと言ってくれたということは、恋人関係にあるはずだ。プロポーズにイエスと言ってもらえるのは、もう少しあとかな？』

『あうぅ……』

ノーという選択肢はないのかと、その自信満々っぷりには驚く。

さすがアルファだと思うものの、自分でもいつかイエスと言うのだろうと思った。

それに、ライアンがノーという答えを受け付けてくれない気がする。イエスの返事があるまでは、プロポーズ続行中ということになりそうだ。

『その日がいつか、楽しみだな』

ご機嫌なライアンに手を引っ張られ、浴室に連れていかれる。

『あの……本当に、一緒に入るの……？』

『もちろん。私たちは恋人同士じゃないか』

『だから恥ずかしくて、いやなんだけど……』

『恋人が旅先で一緒に風呂に入るのは普通だ。ましてや日本の温泉では、他人と裸で一緒に入ったりするそうじゃないか』

『そうなんだけどね……恋人より他人のほうが気楽なときも……いや、ボクは兄さんに言われてるから大浴場には行かないけどさ』

『それはよかった。ユーマの身が危険だ』

『うん。一応、自覚がある。だから、そのー……一緒のお風呂はハードルが高いんだけど……』

『そこは、乗り越えないと。恋人なんだから』

『ええーっ……』

それは都合がよすぎないかと非難の声をあげるが、ライアンはまぁまぁと気にした様子はない。ご機嫌のまま悠真の帯に手をかけ、シュルリと解いた。

『じ、じ、自分で脱ぐから』

『困っているようだから、手助けをしようと思ったんだが……』

『手助け、いらないっ。ライアンに脱がされるくらいなら、自分で脱ぐ！』

『そうか？　残念だが、ちゃんとした恋人になってからのお楽しみに取っておこう。一緒の風呂は、了承してもらえたようだし』

『あうっ。なんか、ずるい……』

騙（だま）された気がすると睨（にら）みつけるが、ライアンの機嫌がさらによくなるだけだ。クックッと楽しそうに笑って、チュッとキスをされた。

『さぁ、風呂に入ろう。恥ずかしいなら、先に入っているぞ』

『お願い……』

やはり、ライアンの前で浴衣を脱ぐ勇気が出ない。

分かったと頷いて帯を解き、思い切りよく浴衣を脱ぐライアンに、悠真はあわあわしながら背中を向けた。

『は、恥じらいとか！』

『それは、ユーマにあれば充分だ。まさしく大和撫子だな』

『ちがーうっ』

背中を向けたまま必死になって否定する悠真の耳に、ライアンの笑い声が聞こえる。

『冗談だ。本気もたっぷり交じっているが』

『それってつまり、どっち？　男に大和撫子は間違っているからね』

『はいはい』

ライアンは笑ったまま、お先にと言って浴室へと入っていった。

「ふぁー……なんか、疲れた……」

羞恥と緊張でガチガチになっていたので、精神的な疲労がドッと押し寄せてくる。

「好きって言った途端に、からかいがすごくなった……それまでは一応、自制してくれていたのかなぁ？　ずっとご機嫌で可愛いからいいんだけど、お、お風呂に一緒に入るのは……」

やっぱりハードルが高すぎないかと唸るが、もう入ると言ってしまっている。モタモタしていると、ライアンに浴衣を脱がされてしまいそうだ。

『ユーマ～？』

『んぎゃっ。……い、行くよ～。ちゃんと、行くから！』

『早くな』

『うう－……』

ライアンの声には浮かれた響きがあって、これ以上引き延ばすのは危険だと分かる。

悠真は仕方なく浴衣と下着を脱ぎ、小さなタオルを腰に巻いてソッと扉を開ける。

『ようやく来たか』

入っておいでと手招きされるが、恥ずかしくて無理だと首を横に振る。

『あっち向いて』

『やれやれ。恥ずかしがり屋さんだなぁ』

実に楽しそうに鼻歌交じりでそう言うが、素直に庭のほうを見てくれるので助かる。

悠真は慌てて中に入り、『こっち見ないでよ！』と言いながらシャワーで体を洗い流した。

そして腰のタオルを外すと、大急ぎで湯船に浸かる。

『ふぃ～』

『もういいか？』

『うっ……ど、どうぞ？』

最適の言葉が見つからないと思いながら顎くらいまで湯に沈んで、体を小さくする。膝を抱える体育座りをし、腕で体を隠した。

それを見たライアンがからかうように見てきて、思わず身構える。けれど何も言わず隣に並んで庭のほうに視線を向けたので、ホッとして体から緊張が解けた。

『ライトアップされた夜の日本庭園も、趣（おもむき）があっていいものだな。実に美しい』

『そうだねー。外のお風呂って気持ちいい……虫とか掃除のことを考えると、大変すぎて無理だから、旅先のお楽しみっていう感じかな』

『屋上でジャグジー……は、東京だとまわりのビルから見られていやか』

『ちょっとね。ジャグジーじゃお風呂代わりにできないし。水着を着てジャグジーに入って、そのあとお風呂って面倒くさい』

旅先なら楽しめることを日常に持ってきても、楽しめない気がする。まして管理を自分でするとなれば、いらないとしか思えなかった。

『セレブは人を雇ってジャグジーやプールを任せているけど、うちじゃ無理だし。おじいちゃんが家を建てるとき、男の夢とかでヒノキの浴槽にしたがったけど、「自分で掃除するなら」って言われて諦めたって。木のお風呂は手入れが大変なんだよね』

『木は腐るし、カビるからな。浴室には使いたくない』

『お風呂だと、毎日のことだから余計に大変だよ。諦めて正解だったね』

この離れの浴室も、木の床と浴槽だ。入る分にはゆったりできて嬉しいが、さぞかし大変だろうなと思う。

それにしても、やはりライアンと一緒の入浴は心臓によくない気がする。

会話をしていないと間が持たず、隣でのんびりと手足を伸ばしているライアンをことさら意識させられる。

見ないようにしているが、視界の端に入る肩や胸は逞しいものだった。

意識しないようにしても無理で、湯のせいだけではなく体が熱くなってくる。

悠真は早々に限界を感じ、浴槽の縁に置いておいたタオルを掴んだ。

『あ、あの、ボク、のぼせそうだから上がるね』

『ずいぶん早いな』

『そう……かな。でも、のぼせたら困るから……』

お湯より、ライアンのほうが危険である。やはり恋人関係になったばかりで一緒の入浴はハードルが高かった。

悠真がタオルで体を隠して浴槽から出ようとすると、ライアンに腕を掴まれて引き止められてしまう。

『ラ、ライアン？』

『こんなにすぐ、私を一人で置いていくなんてひどいじゃないか』

『うっ……だって……』

『私はユーマと一緒に庭を見ながら風呂に入って、キスをしたり、抱きしめたり、いろいろと楽しみにしていたんだぞ』

いろいろに何が含まれているのか、怖くて聞けない。

悠真を見つめるライアンの目がキラリと光り、肉食獣に狙われた獲物の気分にさせられた。

『……綺麗な肌だな』

呟きとともに、腕を掴んでいた手が上へと動いてきて、肩や背中を撫でる。

「……っ」

ゾクリとした感覚が腰の辺りから生まれ、肌が粟立（あわだ）った。

悠真の中で、チカチカと危険信号が点滅している。逃げなければ……という衝動に駆られた体を引き寄せられ、抱きしめられた。

「あ……」

唇が重ねられ、しっとりと優しいキスをされる。

裸の体が触れ、背中や腰を撫でられながらのキスに、悠真は目を回しそうになった。

『ほ、本当にのぼせる……』

カーッと一気に体温が上がっている気がする。

ライアンの触れたところが熱く、そこから熱が広がっているようだった。

『ああ、湯に浸かったままはやめたほうがいいか』

ライアンがそう言ったかと思うと、太腿の裏に手が回って抱き上げられる。

「うわっ！」

驚いて反射的にライアンにしがみつき、そのまま浴槽から出されて床へと下ろされた。そのせいで悠真は、一糸まとわぬ姿をライアンの目に晒すことになる。

「うわわっ」

慌てて手に持っていたタオルで体を隠そうとするが、ライアンがそれを許さない。

腕を掴み、マジマジと悠真を見て、胸に吸いついてきた。

「ひあっ⁉」

ツキリとした、痛みにも似た疼きに全身がざわめく。

ライアンの唇は胸のあちこちを這い回り、吸うだけでなくて舐めたりもする。

『ラ、ライアン⁉　ここ、お風呂！』

『そうだな』

「へ、変な声とか出たら困るし……」

『隣の離れまで、それなりの距離があったから大丈夫だろう』

『いや、でも、あの……』

まだ心の覚悟が決まっていない。もちろんそんなものはそう簡単に決まらないと思うものの、さすがに早すぎるだろうと動揺が激しかった。

『約束どおり、最後まではしない。……いやか？』

「うっ……」

またもや、捨てられた子犬顔だ。

ずるいと思うし、絶対に分かっていてやっているとも思うのだが、この顔には悠真はひどく弱い。いいよ、大丈夫となんでも許してしまいそうだった。

「うー……」

返事の代わりにライアンの顔を引き寄せ、唇を重ねる。

そして少しだけ口を開いて舌先でチロリとライアンの唇を舐めると、その舌を捕らわれて深いキスに突入してしまった。

（や、やりすぎた……？）

ライアンには理性を保ってもらわないと困るのに、キスは濃厚で燃えそうに熱い。

手が太腿や尻を撫で回したかと思うと、前へと回ってわずかに反応を見せ始めている陰茎を包み込む。

「……んんっ」

敏感なそこをやわやわと揉まれ、軽く擦り上げられ、欲望の高まりとともにグンと育っていく。

初めての他人の手による愛撫は生々しい感触で、恐ろしく刺激が強い。キスで口が塞がれていなければ、悲鳴が漏れそうだった。

全身の血が、下肢に集まっていく気がする。

先端を指の腹でグリグリされ、自分でも驚くほどあっけなく欲望が弾けた。

『ずいぶんと感じやすいんだな』

「う……」

そんなに頻度が高くないとはいえ、自分でするときはこんなに早くない。

悠真が涙目でそう言い訳をすると、『自分でか……ぜひ見たいものだ』と恐ろしいことを言われてしまった。

『しかしまぁ、それも後日のお楽しみだな。今は、ユーマを味わわせてもらおう』

そう言うなり乳首に吸いつかれ、舌先で捏ね回される。

プックリと膨れたそこを甘噛みされれば、萎えたはずの中心がまた熱くなり始める。

思わず腰が揺れると、ライアンがクスリと笑って唇を乳首から離して下へと伝ってきた。

胸からヘソ、そして再び高ぶりかけた陰茎に——熱い口中に迎え入れられ、悠真の腰がビクンと跳ね上がる。

「ああっ！　あ、やぁ……」

手とは比べ物にならない強烈すぎる感覚に、悲鳴にも似た声があがる。

過敏になったそこに舌を絡められ、強く吸われると、目の奥がチカチカするほどの快感が生まれる。

またすぐにも達（い）きそうになるのを、ライアンの指が根元を締めることで阻止されてしまった。

そのせいで行き場を失った熱が腰の辺りでグルグルと回り、悠真を翻弄（ほんろう）する。

「やっ！　あん……ライ…アン……」

意地悪はやめてほしいと訴えると、ライアンは唇を離して悠真を抱き寄せ、その手を自身の下肢へと持っていく。

猛々（たけだけ）しく立ち上がった雄芯を掴まされ、その大きさと熱さにビクリとして手を引きそうになった。

だがライアンに押さえられているし、悠真の高ぶった陰茎は放置状態だ。ライアンが何を求めているかさすがに分かったから、早く達きたい一心でビクビクしながら手を動かしてみた。

『……そうだ。どうせなら、一緒に達こう』

「あ、ん……」

耳朶(じだ)を甘噛みしながら囁くのはやめてほしい。ライアンの艶のある声と、吹きかけられた息が腰に響く。

追い詰められ、泣きたいような気持ちでライアンのものを愛撫すると、ライアンもまた悠真を手で包み込んで愛撫してくれた。

分かりやすくお返しをされ、悠真の必死度が上がる。がんばってライアンを達かせられれば、自分の堰(せ)き止められた欲望も解放してもらえるのだ。

「う、んんっ……あっ、あ……」

気持ちよさに手が止まるとライアンの手も止まるから、甘い声を漏らしながらもがんばるしかない。

ライアンが自分のつたない愛撫で感じているのが嬉しくて、ライアンの手の動きを真似して擦り上げたり先端をいじったりした。

『そう、その調子だ』

とにかく達きたい一心でためらいや戸惑いは消えていき、しだいに大胆になっていった。そして興奮のままキスをねだり、互いを擦り上げる手がどんどん強く、速くなっていく。

「――――!!」

立て続けに二回の射精——強烈すぎる刺激。

奥手な悠真の限界を超える体験に、悠真はガックリと力を失った。

★
★
★

翌朝は、目が覚めるなり昨夜の記憶が蘇（よみがえ）り、ドーッと羞恥が襲ってきて大変だった。

ライアンに抱きしめられて眠っているので、忘れようにも忘れられない。

二回目の射精で気が遠くなったのでそのあとのことが分からないが、行為自体はしっかりと覚えていた。

ライアンの手と口で達かされたときの強烈な快感――ライアンの手に翻弄されつつも必死でライアンの大きなものを愛撫し、擦り上げたときの興奮。

ものすごい恥ずかしさと、両想いの嬉しさが込み上げてきて、悠真はジタバタしてしまった。

『――んん？　おはよう、ユーマ……もう起きていたのか……』

『お、おはよう……』

まだ眠そうなライアンは微笑んでいて、目が少しトロンとしている。いちいち大人の色気があって困ると思いながら、悠真は顔を赤らめて視線を逸らした。

このままベッドの中にいるのは危険かもしれないと、まだ眠そうなライアンに言う。

『朝ご飯の前に竹林の道を散歩したいから、ちょっと早いけど起きようよ』

『そうだな……ずいぶんとぐっすり眠れた気がする』

ライアンは欠伸（あくび）をして上体を起こし、チュッとキスをしてくる。

『朝からその気になったら困るし、軽いキスしかできないのが残念だ。せっかくユーマが夏休みなのに』

「……」

それはどういう意味かと、聞くのが怖い。

悠真だって、男同士の場合は受ける側の負担が大きいと知っている。

ときおり兄が朝起きてこられなくて、将宗が上機嫌で将希の世話と朝食作りの手伝いをしてくれたときは、抱き潰されたんだなと分かったものだ。

将宗が悠希に無体なことをするわけがないから心配はしないものの、昼過ぎまで起きられなかったなどと聞くと、大変だなぁと同情してしまう。

オメガで、番の悠希でさえそんな状態になるのを考えると、自分は大丈夫だろうかという不安が込み上げてくる。

『本当の恋人になるのは、東京に戻ってからだな。楽しみだ』

『お、お手柔らかによろしく……』

『なんなら大阪観光はやめて、東京に戻——……』

『そ、それはダメ！　大阪、楽しみにしてたんだから。それにこんな直前でキャンセルしたら、宿泊料が丸ごと無駄になっちゃう。もったいないよ』

『それはそうだが……』

『ライアンのことだから、いいホテルだよね？　スイートとか言ってたし。すごく、すごく楽しみにしていたんだよ』

『分かった、分かった。お楽しみを先に延ばすのも悪くないか。その代わり、覚悟してくれ』

「うっ……」

どんな覚悟かは聞けない。結果的にライアンを煽ることになったら、そのせいでより大変な目に遭いそうな気がする。

『か、覚悟、必要⁉』

『心のどこかでずっと追い求めていた存在が腕の中にあって、浮かれているんだ。旅行なんてやめてベッドに一日中こもり、キスをし、体中を舐め回し、抱いていたいと思うのは当然だろう？』

「あう……」

それが当然なのかという疑問に対しての答えを、悠真は持っていない。

ライアンの同族である将宗は頷きそうだし、悠希は顔を赤くして沈黙を貫きそうだ。

ライアンに抱きしめられ、触れるだけのキスを顔のあちこちに受けていた悠真は、顔を赤くしたまま無言でいるしかできなかった。

『と、とにかく、旅行はちゃんと続けよう。あとのことは、そのとき考える』

『はいはい。それじゃ、起きて散歩に行くとするか』

『うん』

悠真はライアンの腕の中から抜け出して、浴衣の乱れを直しつつベッドから下りる。

洗面所で顔を洗って髪を梳かし、ライアンと交代した。そして皺くちゃになった浴衣を脱いで、新しいものに着替える。

『ライアン、これ、替えの浴衣。寝汗をかいていると思うから、着替えて』

『分かった』

タオルなどが入っていた旅館の巾着に、スマホと部屋の鍵を入れて悠真の出かける準備は終了だ。ポットの冷たい水を湯呑みに注ぎ、水分補給をした。

そこに、浴衣を着替えたライアンがやってくる。

『ライアンも、お水どうぞ。鍵は持ったから、もう出かけられるよ』

『ありがとう』

ライアンはグーッと一気に水を飲み干し、ふうっと息を吐くとカメラバッグを掴む。

悠真も立ち上がって部屋を出て、鍵をかけると玄関で下駄を借りた。そして本館のフロントまで行って、係に了承を得てあちこちを写真に撮り、望遠レンズまで使って天井や梁を撮影している。

フロント係がそれを不思議そうに見ていたので、「建築士なんですよ」と教えた。

「朝のこの時間は、竹林の道も空いていますか？」

「はい。とても歩きやすいと思います。それに昨夜少し雨が降ったおかげで気温も下がっておりますので、気持ちのいい散歩になると思います」

「あ、そうなんですか？　それはラッキー」

ライアンの気がすんだところで出発し、手を繋いで竹林の道へと歩く。

『ユーマはオメガに見えるから、堂々と手を繋げていいな』

『それは、そうかも……。今まで、オメガに見られていいことはなかったんだけど、手を繋いでも変な目で見られないのは嬉しいね』

子供を産める男性オメガのおかげで男性カップルを見る目は幾分優しくなったが、それはあくまでもアルファとオメガへの特別視だ。普通のベータ同士だと、やはり偏見の目で見られたりする。

だから悠真がオメガに見えることで、余計な注目が集まらなくてすむのはありがたかった。

『朝の散歩は気持ちがいい。それに、昨夜より緑の匂いが濃い気がする……雨が降ったのかな？』

『すごい、ライアン。当たり。昨日の夜、降ったおかげで気温が少し下がったんだって。匂いで分かる？』

『イギリスは雨が多いから、雨の匂いには馴染みがあるんだ』

『霧（きり）のロンドン……だっけ？　ボク、雨は面倒くさくて嫌い。傘をさして歩くのも、濡れるのも鬱陶しくてやだ』

『傘をさすのは、本降りのときだけだな。それこそ、面倒くさいじゃないか』

『えっ、パラパラでもさすよね？　服が濡れるの、いやだし』

『すぐに乾くさ』

『えー……時期によっては寒いし……そんなことで風邪ひきたくないし……イギリス人、雨慣れしすぎ？』

『他の国でも、小雨程度ならささないことが多いと思うが。特に、男は』

『濡れるの、いやじゃないのかなぁ』

『傘を持ち歩くのが面倒くさいとか、格好悪いとか。濡れるより、そっちのほうが人きいんだろう』

『うーん。日本人はいろいろと細かいことを気にしすぎ……なのかな、と思わないでもないような気がしてきた……でも、濡れるのはいやだし……』

『雨は鬱陶しいよな。しかし……この竹林が雨に濡れるのは、美しいだろう』

『そう？　ボクは、今日みたいに綺麗な晴れ空のほうが綺麗だと思うな。太陽の光が零れ落ちて、すごく綺麗』

『確かに。生き生きとした美しさだ』

綺麗だねーと言い合って、ときおり立ち止まって写真を撮る。スマホでも充分絵になっていて、満足度が高いわけだと納得した。

手を繋いだまままゆっくり散歩をして宿に戻ると、すでに朝食の準備が整えられている。

「お帰りなさいませ。もう、お料理に火を入れてよろしいですか？」

「はい」

「それでは、ご飯とお味噌汁をお持ちいたしますね」

「お願いします」

荷物を置いて手を洗い、悠真はお茶を淹れる。

『すごい小鉢の数……こっちで火にかけられているのは、なんだろう。あ、湯豆腐か……』

おかずらしいおかずは干物しかないかもしれないと思いながら食べ始めたが、箱に収められた十種類の小鉢は充分ご飯が進む。

いろいろあるから楽しく、悠真にとって淡白に感じる湯豆腐にイカの塩辛を載せたりもした。

『この料理は、酒の摘まみにもよさそうだな』

『うん。合いそう』

『特に、私はこれが気に入った』

『大根おろし？　渋いのにいったね』

『サッパリとして旨いし、上に載ったこれが……魚の卵か？』

『ああ、イクラ。サケの卵だよ。ちょっとお高いけど、キャビアに比べたら全然安いか。……

イクラを選ぶとは……さすがの高級舌』

たくさんある料理の中からしっかり高級食材をチョイスしていると、悠真は感心する。

『今日は、すぐに大阪に移動?』

『ああ。京都で見たかったところはもう回れたし。寺と神社は、暑すぎてもういい……』

『長いこと、外を歩くのつらいよね。大阪は高速が中を通ってるビルとか、日本一高いビルとかだから涼しいもんね』

『日本の夏は、外を歩き回る観光はつらすぎる』

分かる分かると朝食を終え、しばし休憩をする。

畳の上にゴロリと横になってスマホを操作し、ゲートタワービルなどをチェックした。

『ゲートタワービルは、タクシーで高速を走ってもらうんだよね? ビルの近くで降りて、写真を撮る?』

『そのつもりだ』

『了解。それじゃ、ゲートタワービルに行って、そのあとお昼だね。お昼はねー、お好み焼きが食べたいんだ』

『朝食を終えたばかりで、もう昼食の話か?』

『だって、旅先のお楽しみだもん。京都の旅館のご飯は贅沢で美味しかったけど、こうお上品な感じが続くとね。お好み焼き、たこ焼き、串揚げが食べたい!』

『この暑いのに、元気なことだ。私は考えるのも面倒だから、ありがたいが』

『ライアン、美味しいものを食べるのが好きなわりに、こだわりがないよね。将宗さんはろくに自炊していなくても、お高い冷凍食品やデリバリーをちゃんと確保してたよ。まずいものは食べたくないんだって』

『それは私も同じだが、探すのが億劫で……。旨い店を見つけたら、もうここでいいか……という感じだな。情報は秘書が仕入れてくるから、少しずつ増えるし』

『自分で見つけるのが楽しいのに～』

『それは、旨い店が多い日本だから言える台詞だ。イギリスでは、注文をしたのを後悔する店、旨くもなく、まずくもない店が多数ある。当たりを探そうという気力を奪われるぞ』

『あー……そう言われると……日本でまずい店って、あんまりないかも。だってまずかったらお客さんが来なくて、潰れるよね？』

『イギリスにはまずい店が多いおかげと、立地やなんかの理由で生き残れるんだろう。秘書が買ってきた、生臭いフィッシュフライサンドはきつかったな……』

　遠い目をしてそんなことを言うライアンに、自分がいかに恵まれているかを教えられる。

『新たな店への挑戦は、恐怖でしかない』

『うん……なんか、ごめん。そんな悲惨な状況だと思わなくて……日本では、美味しいものをたくさん食べようね』

そう言いながら、ライアンのバカンスが終わったらイギリスに帰ってしまうのだと胸が締めつけられる。

ライアンは日本に移住すると言ってくれたが、イギリスに自分の会社がある。だからそう簡単ではないのは分かっていた。

それでもきっと、ライアンはどうにかしてくれる。側にいようと、努力してくれる。だから悠真は心を揺らすことなくライアンを信じようと思った。

ニコッと笑って、『大阪の美味しい店は調べずみだから』と言う。

『頼もしいな』

ライアンも笑って、うーんと伸びをする。

『最初は頼りなくて落ち着かなかったが、靴を脱いで生活するというのは寛げるな』

『家の中も汚れないしね。映画やドラマで靴のままベッドに乗るのを見ると、ギャーッって思っちゃう。靴の裏が汚いって認識がないのかな？　ありえないよ』

『土足文化だからな。それが当然と思って生きてきたんだ。まぁ、私は靴を履いたままベッドに寝転がったりしないが。あれは、行儀のいい行為ではないぞ』

『あ、そうなんだ。ちょっと安心。ボク的には、絶対譲れない部分だから。つい、洗濯しなきゃって考えるもん』

『今日、明日とホテル泊まりだが、そんなことはしないと誓おう』

『ありがと。自分で洗濯しなくても、反射的にギャーッって思っちゃうから、助かる』

ダメだという点を話せば、すぐさますり合わせをしてくれるライアンが頼もしい。アルファの自分に合わせろという人ではないのが嬉しかった。

『さて、と。そろそろ出るか。大阪でランチを食べるなら、あまりのんびりしていられない』

『そうだね』

悠真は起き上がり、着替えを持って洗面所へと向かう。

チラリとライアンがからかう目を向けてきたので、思いっきり顔をしかめて見せた。

『本当に、私の恋人は可愛らしい』

『日本人はシャイなの！』

バンッと勢いよく扉を閉めて、プリプリしながら浴衣を脱いで服を着る。髪を梳かして浴衣を簡単に畳み、部屋に戻ればライアンはもう荷造りをしていた。

悠真はライアンの浴衣も片付け、金庫から財布などを取り出してライアンに渡す。

悠真は五日分の着替えだけだし、夏でTシャツばかりだから荷物は少ない。けれど十日間の海外旅行となるライアンは、大きめのスーツケースなので大変そうだった。

悠真の目には重そうに見えるそれをヒョイと持ち上げ、カメラバッグを肩から下げて離れを出る。

タクシーを呼んでもらってフロントでチェックアウトをすると、冷たいお茶が運ばれてくる。

『まだ午前なのに、今日も暑そうだね』

『ああ。……この飲み物は、スッキリとして旨い』

『日本茶だけど、水出しなのかな？　まろやかでさっぱり』

タクシーが来るまでの間、しばしまったりと過ごして宿を出る。

京都駅まで送ってもらい、大阪に移動した。

『……こっちも暑い』

『まずはタクシーでホテルだな。スーツケースを置いて、身軽になりたい』

午前中にもかかわらず、すでにライアンは暑さに辟易しているらしい。

タクシーでホテルに乗りつけ、チェックインして荷物を預けた。それから再びタクシーに乗り、ライアンが一番楽しみにしていたゲートタワービルに向かう。

『……本当に、高速道路がビルの中を通ってる』

トンネルになっているから中がどうなっているのか分からないが、ビルに吸い込まれていくのが不思議な感じだ。

ライアンは運転手に頼んで助手席に座り、その様子をムービーで撮っていた。しかもいったん高速から降りて、往復である。

それからビルの近くで降ろしてもらって、いろいろな角度から気がすむまで写真を撮りまくっていた。

『土地を売ってくれないので仕方なくこの形になったらしいが、これはとても面白いな。高速ではなく電車で、中をスケルトンにできたら名物になる……』

何やら考え込んでブツブツと呟くライアンの手を引っ張って、悠真は言う。

『お好み焼き屋さんに移動するよ』

『もっと大きなビルにして、両脇は店舗……電車側に向かっての観覧席を造り――……』

思考の中に埋没しているライアンをタクシーに押し込み、目当てのお好み焼き屋に向かう。

行列店とのことだが、ランチタイムを過ぎているせいか二人しか並んでいなかった。

よかったとホッとすると同時に、ライアンの意識が現実に戻ってくる。

『……ん？　どこだ、ここは』

『お好み焼き屋さん。いい匂い、しない？』

『する。なんともいえない、香ばしい匂いだ』

中から客が二人出てきて、代わりに前の二人が店に入っていく。そして店員にメニューを渡された。

「あっ、ちゃんと英語のメニューもある。すごいなぁ」

こんな小さな店でも外国人対応がしてあるのかと感心するが、人気店なだけにいろいろ説明するより楽なのかもしれないと思う。

お好み焼きがどういうものか、中に入っている食材なども詳しく書いてあった。

『ライアン、どれにする？　人気ナンバーワンだっていう牛筋煮込み入りは食べたいんだよね』

『ビーフか……それならシーフードかな。あと、ポークのヌードルも』

『ライアンなら、それくらい食べられるか……ビールはどうする？』

『もちろん、飲む』

『だよねー』

炎天下に並んでいるので、なんなら今すぐ持ってきてほしいなどと呟いている。

少しの間に二人の後方に列ができて、本当にタイミングがよかったんだと胸を撫で下ろした。

「お待たせして、すみません。注文が決まっていたら、お聞かせください」

「はい。牛筋煮込みとシーフードのお好み焼き、豚焼きそば、生ビールとコーラをお願いします」

「かしこまりました。もう少々お待ちください」

店員は後ろの客たちにもメニューを配って、店の中に戻っていく。

ほどなくして客が出てきて、中へと呼ばれた。

『涼しい……』

『いい匂い……』

案内された席に座るとすぐに飲み物が出され、冷たいそれをゴクゴクと飲む。

『旨いっ』

『生き返る』

二人とも同じようなタイミングでフーッと溜め息を漏らし、笑ってしまう。

『この暑さでは、一時間も外にいられないな』

『ライアンはそう言うけど、遊園地なんかに行ってる人は、並んで乗ってを繰り返してるんだよね。根性あるなぁ』

夏休みだから将希を遊びに連れていってあげたいが、屋外の遊園地は無理だ。行くなら屋内か、プールしかない。

夏休み前はあそこに行きたい、ここに行きたいと考えるが、実際にこうして炎天下を歩き回ってみると無理だと思ってしまう。

熱々のお好み焼きを食べるせいか店のクーラーはかなり低めに設定されていて、暑くてたまらなかった体は少しずつ楽になっていった。

「お待たせしましたー。牛筋煮込みお好み焼きと、シーフードお好み焼きになります。焼きそばは今作っていますので、もう少々お待ちください」

「はい」

食べやすいように切ってあるお好み焼きを、それぞれ一つずつ皿に取って食べてみる。

『あつっ！　めちゃくちゃ熱いっ。でも、美味しい』

『うん、旨いな。このソースが、なんともいえずいい味だ』

一つ目はそのまま、二つ目は青のりやカツオ節をかけた。

『お？　この、うねうねしたものは魚の香りがする。どう見ても、木の削りかすだが』

『それはカツオを燻製（くんせい）にして乾燥させたものだから、正解だね。カンナみたいなもので薄く削り取ってるんだって』

『ああ、では、木くずに見えるのはあながち間違いではないわけか……魚がカンナで削れるくらい固くなるとはな』

『すごいよね。お父さんが子供の頃は、カツオ節を削る係だったんだって。こんなふうに綺麗に削るのは難しいらしいよ』

『そうだろうな。私もカンナをかけたことがあるが、均等に薄く削れるようになるまで時間がかかった』

ましてや魚をこんなふうに薄くできるとはとライアンは感心し、これは芸術品だとうっとりする。

『芸術品っていうには、素朴すぎる気が……んんっ、エビ、美味しい。牛筋が目当てだったけど、こっちも美味しいなぁ』

パクパクと食べていると、焼きそばがやってくる。

「はい、焼きそばお待ちどうさまでした」

お好み焼きの皿を移動して空いた空間に、焼きそばがドンと置かれる。

『これは、イギリスやアメリカでよく食べた。デリバリーの定番だ』

『中華の焼きそばとは、ちょっと違うかも。ソースが、お好み焼きのやつだから』

実際に食べてみて、ライアンは満足そうにうんうんと頷いている。

『このソースは、ヌードルにも合うんだな。コショウを効かせているせいか、同じソースなのに飽きる気がしない』

美味しそうに勢いよく食べるライアンに負けじと、悠真もせっせと食べていく。

『うーん、お腹いっぱい……』

注文したのは三人前だから、悠真はライアンより先にリタイアする。気がすむまで食べられて、大満足だ。残ったのはすべてライアンが食べてくれるので、頼みすぎたと罪悪感もないのが素晴らしい。

ライアンが二杯目のビールを飲み干したところでご馳走さまと店を出て、次の目的地に向かう。東京で何度も電車に乗ったライアンは、この暑さに心が折れてタクシー一択だった。

到着したビルは、ライアンが得意だという鋼鉄とガラスのビルだ。日本一高いという売り文句で、展望台がある。

ライアンは側に寄ってビルのまわりをグルグルと回りながら大量の写真を撮り、ようやくエレベーターに乗る。

都庁に続いて二度目だし、悠真は都会の街並みは似たようなものだなぁと思うだけだ。けれど、足元がガラスになっている部分は別である。そこに立って下を見ると、ゾクゾクとした感覚が体を駆け抜ける。

『ボ、ボク、ちょっと高所恐怖症かも？　大丈夫って分かってても、怖い……』

ちょっとばかり声を震わせてサッとガラスの上から退くと、ライアンに笑われてしまう。

『それは普通の感覚だろう。むしろ、恐怖心が湧かないほうが危ない。危険に鈍いことになるからな』

『そうなの？』

『ああ。痛みや恐怖心は、身を守るのに必要なものなんだ。体への危険信号だから。無痛症の人間は、骨折していても気がつかないから治療をせず、骨がおかしなままでくっついて、歩行が難しくなったりするそうだ。痛みがないからこそ気をつけないと、大変なことになる』

『なるほどー……痛みを感じないいなんて楽でいいなと思ってたけど、危ないんだ……』

でも、歯医者のときだけは無痛症になりたいと呟くと、ライアンの笑みが深くなる。

『それは同感だな。歯の治療のあの痛みは……なんとも耐えがたいものがある』

『だよねぇ。注射もいやだけど、歯医者ほどじゃないかな』

この感覚が世界共通らしいと分かって、悠真も笑って頷く。

高さへの恐怖から、無意識のうちにライアンの腕を掴んでいた。

『ユーマがくっついていてくれると、煩わしさが減る』

『ん？』

そう言われてまわりを見てみれば、例によって女性たちの熱い視線がライアンに集まっている。ライアンの高い身長と均整の取れた体格、美しく整った顔は男女問わず人の目を引きつけていた。

こういった場所では必ずといっていいほど声をかけられるのに、今はその気配がない。ライアンの腕を掴む悠真と、その悠真の肩を抱き寄せるライアンの姿は、アルファとオメガの番に見えているのかもしれない。

晴れて恋人になった今、二人の間の距離と空気感は確実に近く、甘いものになっている。悠真がライアンに触るのに躊躇（ちゅうちょ）がなくなり、ライアンもまた遠慮なく触ってくる。昨日まではまったく違っていた。

自分に自信のある女性たちも、さすがに番が一緒にいるときに割って入ることはできないらしく、ライアンをうっとりと見つめるだけにとどまっていた。

『そ、そんなにあからさま……？　なんか、恥ずかしい……』

『日本の夏がこんなに暑くなければ、もっとくっつけたのにな。残念だ』

『……』

残念とも、残念ではないとも言えないので、悠真は沈黙しておく。ライアンがからかいたそうな目をしているときは、反応しないのが一番だと学習していた。

それでも悠真の肩を抱いたままジリジリとガラス板に近づくライアンを止めようと、足を踏ん張って背中をバンバンと叩く。

『いーやー』

小さい声で行きたくないと訴えながら必死の攻防だが、端からはいちゃついているように見えるかもしれない。

実に楽しそうなライアンに、悠真は恨めしい目を向ける。

『苛めっ子〜っ』

『アルファの本質は、そちらよりだから仕方がない。ちょっと涙目がなんとも可愛いな』

『将宗さんは、兄さんに優しいよ！　甘々のデロデロだよ』

『ユーマのいないところで、思う存分泣かせているんだろう』

『そんなこと――……』

ないと言おうとして、平日でもときおり朝に起きてこられない悠希を思い出す。悠真が高校から帰る頃には動けるようになっているものの、その動きはどこかギクシャクしたものだ。

それに悠真が長い休みで日中も家にいるとき、昼くらいに起き出してきた悠希の顔には泣いた痕跡があったりもした。

『……将宗さん、ベッドでエスっ気炸裂？』

むむむと眉根を寄せて呟くと、ライアンがうんうんと頷く。

『私もユーマの笑顔だけではなく、泣き顔も見たいからな。悲しみで泣くのはよくないが、悦びで泣くのは歓迎だ。自分にしか見られない顔というのは、嬉しいものだろう?』

『……』

聞かれても、返事に困る。

まわりに聞かれないよう耳元に唇を寄せ、囁く声に甘さと色気がたっぷり込められているから思いっきり動揺してしまった。

どうがんばっても顔が赤くなってしまうし、体も熱くなる。いやでも昨夜の行為が頭に蘇って、気持ちを静めるのが大変だった。

ライアンはクスクスと笑って、悠真の頬にチュッとキスをする。

『だが、こんなところで、他のやつらにまで見せるのはよくないな。そういう可愛い顔をするのは、私と二人きりのときだけでいい』

『ライアン〜ッ』

顔を赤くしたまま睨みつけるが、楽しそうに笑い飛ばされるだけだった。

もうっと怒りながらカフェに移動して休憩しつつ、ライアンが観たいと言っていた建物を回る順番を考える。大阪はタクシーを見つけるのが容易なので、安心して観光することができた。

カラフルなゴミ処理場をはじめ、個性的なビルをいくつか観て、おやつには悠真のお楽しみのたこ焼きだ。自分で焼けるという店があったので、一度やってみたかったからちょうどいい。

店に入って、普通のたこ焼きとベーコンチーズ焼きを頼む。

焼き方の説明が書かれた紙を見ながら手順に従い、緊張しつつたこ焼きをひっくり返していった。

『おおっ、ちゃんと丸く焼ける。これは面白いな』

『具がいろいろ変えられるのもいいね。家でやったら、将希が喜びそう』

『ああ、子供は好きだろうな。引っくり返すのは楽しいぞ』

綺麗な丸に作れて、美味しそうな焼き目もできた。

皿の上に一つずつ移動させ、ソースをかけて火傷しないように気をつけながら食べる。

『あつっ！　すっごい熱い‼』

『お好み焼きより熱いな。中がトロリとしていて旨い』

お好み焼きが気に入ったライアンは、当然たこ焼きもハフハフ言いながら美味しそうに食べている。

『材料は似てるけど、違う食べ物だよね。ライアンはどっちが好き？』

『難しい問題だ。ユーマはどっちが好きなんだ？』

『どっちかといったら、たこ焼きかなぁ。この、中がトロッとした感じが楽しくない？　焼きたて感もすごいし』

『確かに。恐ろしく熱いな。だが、たこ焼きは具が寂しくないか？　お好み焼きのシーフードも旨かったが、肉がなんともいえず旨かったな』

『ああ、牛筋煮込み。ライアン、甘じょっぱい味、好きだね』

『そうらしい。それにお好み焼きは、野菜がたっぷり入っていただろう？　ヘルシーな気がする』

『そう言われると……お好み焼きはご飯、たこ焼きはオヤツっていう感じかな。大阪の人は違うみたいだけど』

『これを食事にするのか？　夕食だと少し物足りないが、ランチならいいかもしれない。二人前……いや、三人前は欲しいが。さすがに飽きるか？』

『それだけ食べたら飽きそうだね』

　オヤツでさえ一人前以上食べるライアンだ。二十個中、悠真は六個で充分だったから、残りはすべてライアンが食べてくれた。

　ここでもしっかり生ビールを飲んで、『これぞ正しいバカンスだ』などと言っている。

『正しいかなぁ？』

『昼間からビールは、休みの日じゃないと難しい。ビジネスランチでワインは許されるのに、ビールはダメという雰囲気は理不尽じゃないか？　日本の暑さにはまいるが、その分ビールが旨く感じる』

『ビールを満喫するのが、ライアンの休日なんだね』

『イギリス人だからな』

たこ焼きもお好み焼きもビールに合うと、ライアンは満足そうに笑った。

店を出ると水族館に行き、気持ちよさそうに泳ぐ魚たちを見る。

ライアンも楽しんではいたが、『このアクリル板は何センチかな』と、違うところに目がいっているようだ。

順路どおりに一通り観て回って、いったんホテルに戻ろうということになる。汗をかいたので、シャワーを浴びてサッパリしたかった。荷物を整理して一休みすれば、夕食にちょうどいい頃合だ。

タクシーでホテルに行ってみると、ビシッとしたスーツ姿の男性が駆けつける。

『ようこそお越しくださいました。アテンダントを務めさせていただきます、高杉（たかすぎ）と申します。よろしくお願いいたします』

それに対してライアンは慣れた様子で応じ、スイートルーム専用だというエレベーターに案内される。

ルームキーをタッチしないと動かないタイプで、情報を読み込んで判断してくれるらしい。

自動で停まった階でエレベーターを降りると、部屋へと案内され、中に通される。

『お部屋のご説明はどういたしますか？』

『必要ない』

『かしこまりました。何かございましたら、お手数ですがお電話をお願いいたします。すぐに対応させていただきますので』

『分かった』

『では、失礼させていただきます。ごゆっくりどうぞ』

ライアンの返事が極めて短いせいか、高杉もまた言葉少なく退室していく。相手に合わせているのかなと、悠真は感心した。

しかしそれよりも初めてのスイートルームが気になって、浮き浮きと中を見て回る。

『うわーっ、広い』

大きなテレビとソファーセットの他に、ちょっとした調理器具の揃ったキッチンに、ダイニングテーブルもある。

籠に盛られたメロンにリンゴ、オレンジやブドウといったウエルカムフルーツを見て、悠真はうっとりとしてしまう。

『この部屋って、いったいいくら……ううん、聞くのが怖いからやめておく』

『この部屋は、一部屋単位の値段だ。一人増えても変わらないから、気にしなくていいぞ』

『……この部屋に一人で泊まるって、もったいなくない？』

『私の仕事には、ホテルの設計もある。スイートルームは重要なんだ』

ライアンはエレベーターに乗る前から、写真を何枚も撮っている。今も、部屋のあちこちを写していた。

時間がかかりそうだなと思い、先に浴室を撮ってくれとお願いする。そうすれば、ライアンの気がすむまで他のところの写真を撮っているうちに、シャワーを浴びることができる。

悠真は着替えを取り出し、ライアンと入れ替わりで浴室に入った。

「おおっ、ガラス張りのシャワールーム。お高い部屋っていう気はするけど、なんでガラス張り？　バスタブや洗面台から丸見えなんだから、すりガラスにすればいいのに」

シャワーの途中でライアンが入ってきたら困ると、しっかり施錠する。

昨夜の行為で裸を見られ、吸いつかれたり舐められたりもしたが、それはまた別問題だ。ライアンが面白がって突入してきそうな人だけに、鍵をかけておかないと安心できない。

悠真はやけにたくさんあるアメニティーの中からボディタオルを取り、シャワールームで体を洗う。髪は帰ってからでいいかとそのままにし、泡を流した。

扉にかけてあったバスタオルで体を拭き、服を着てリビングへと戻る。

『私も入りたかったのに、鍵をかけるなんてひどいじゃないか』

開口一番、ライアンに文句を言われた。

『そんな気がしたから、鍵をかけたんだよ。よかった』

『ひどいな。ようやく恋人になれたのに』

『恋人になったから……じゃないか。なる前と違って、油断できない』

家名に誓って手を出さないという約束が破棄された今、手を出し放題だ。

好きな相手だから手を出されるのがいやなわけではないが、何もかもが初めてなだけに、タイミングとか覚悟とか、いろいろと必要になる。

どうやら快楽に弱いらしい自分が流されない保証がないので、密室でのちょっとした戯れは危険だった。

だからホテルのふかふかのバスローブを諦めて、ちゃんと服を着て出たのである。本当なら夕食まで、バスローブでのんびりしたかった。

『夕食前に不埒なことをしたりはしないさ。ユーマはまだ成長期だ。食事はきちんと摂らないと』

ライアンはそこでいったん言葉を切り、首を傾げる。

『……ユーマはもう十八歳と聞いたが……日本人の成長期は何歳までだ？　まさかと思うが、それでもう成長は終わりか？』

『し、失礼な！　ボクはまだまだ成長期だよ。人よりちょっと成長するのが遅かった分、ここからグングン伸びる予定なんだ』

『ユーキはユーマより少し大きいくらいだったが……これからそんなに伸びるか？』

『きっと伸びるよ。可能性は充分あるはず。ボク、また背が伸びちゃって、体が痛いよ。成長痛って大変だねって言うのが夢なんだ』

『成長痛は、もっと若い頃だろう。私は中学のとき、軋む骨の痛みに何度も目が覚めてつらかったぞ』

『じ、自慢⁉』

『いや、ただの事実。キミのお兄さんのユーキを見るかぎり、ユーマがこれから成長痛の起きるほど身長が伸びる可能性はゼロに近いような……』

『ゼロと、ゼロに近いは違うしっ。ゼロじゃない以上、可能性はあるはず‼……っていうか、二、三十パーセントくらいはない？』

『ない』

きっぱりと否定されて、悠真はひどいーっと怒る。

『兄弟で、弟のほうが大きいのって、わりと多いんだよ。だからボクも、成長痛は無理にしても、兄さんを超えるのはありだと思う』

『ユーキとの身長差はどれくらいなんだ？』

『三センチ』

『……まぁ、それくらいなら伸びるかもしれないな』

ライアンの声に、大して変わらないいんじゃないかという響きを感じ取って、悠真はムッとする。

『すごく重要な三センチだからね⁉　百七十センチになれるかどうかの瀬戸際なんだよ』

『しかし三センチといったら、これくらいだろう？』

ライアンは指でだいたいの長さを作り、悠真の頭の上に乗せる。

『……大して変わらないな』

『ひどい〜っ』

百九十センチを超えているライアンにとっては、誤差の範囲らしい。

『まぁまぁ。ユーマは三センチ増えようが減ろうが、可愛いということだ』

『減るって何⁉　減るわけないし！』

『それはそうだな。……さーて、私もシャワーを浴びてこよう』

ライアンは悠真をからかって気がすんだのか、着替えを持ってサッと浴室に向かう。

「ううっ……ボクの悲願の百七十センチが、無意味って言われた……」

ひどいひどいと呟きながら、悠真はメロンを冷蔵庫の中にしまう。夕食から帰ったあと、冷えたメロンを食べたいと思ったのだ。

それから大きなブドウを摘まみ食いして、甘くて美味しいと感心する。

「ブドウの季節には早いし、まだ高いよね。さすが、お高い部屋は違うなぁ」

このソファーもきっと、最高級品に違いない。布張りだがとても座り心地がよく、足置きもある。

「うちのもいいけど、これもいいな」

家にあるソファーは悠真が寝転がれるくらい立派なもので、録り溜めたドラマを一気見しながら眠ってしまうこともあるため、毛布を置いている。昼寝にも快適な、お気に入りのソファーだ。

これもなかなか……と呟きながらパタリと横になり、大きな欠伸をする。

「暑さ負けしてる気がする……毎日カンカン照りだもんなぁ。ちょっとくらい曇ってくれてもいいのに」

毎日出歩くのに雨は困るが、曇り空は歓迎だ。

悠真は窓の外を見て、「太陽が元気すぎる……」と溜め息を漏らす。

毎年のことで慣れているはずの悠真でさえうんざりするのだから、イギリス人のライアンがタクシーに逃げるのも当然だった。

「でも、京都観光楽しかったなー。修学旅行の、自分がどこにいるか分からないのと全然違う。金閣寺は別だけどさ。相変わらずキラキラだった……」

それに、中学生のときはよさがまったく分からなかった竹林の道は、今や思い出すのが恥ずかしいのと同時に嬉しくもある場所となっている。

京都の思い出に照れてジタバタしていると、バスローブ姿のライアンが浴室から出てきた。

シャワーを浴びたばかりでそんな格好をしてると、いつも以上に色気がムンムンする。昨夜のことを考えていただけに、悠真は目のやり場に困ってしまった。

見ない見ないと違う方向を見ているのに、ライアンはドカッと悠真の隣に座って顔を覗き込んできた。

『どうした？　疲れたのか？』

『だ、大丈夫』

だから、その顔を近づけないでくれと訴えたい。

恋人になって、まだ一日だ。なまじ恋人になったからこそ、ライアンの大人の色気はさらに危険なものになっていた。

それなのにライアンは、見まいとして目を瞑る悠真の頬をツンツンと突いてくる。

『寂しいじゃないか。こっちを見てくれ』

声にからかいがあるから、絶対に分かって言っている。

（意地悪だ……）

ちょっとばかり泣きそうになりながらいやいやとばかり頭を振ると、ライアンに笑って抱き起こされた。

軽々とライアンの膝の上に乗せられ、驚いて開けた目がライアンに捕らわれる。

（綺麗だなぁ……）

将宗とよく似た、だが、違う青――ただの青ではなく、緑や金色が交じっていて、それが深みや明るさを出している。

悠真が大好きで、ずっと見ていたいと思う青だ。

うっとりと見とれていると目が近づいてきて、唇が合わされる。

「――――」

しっとりと、甘いキス。

ライアンはそれ以上深めるつもりはないようで、触れては離れるを繰り返した。

優しく抱きしめられ、キスをされるのは気持ちがいい。悠真はくったりとライアンに凭れかかり、目を瞑ってその気持ちよさに浸った。

『満腹の猫みたいだぞ』

クスクス笑いながらの言葉に、悠真も笑う。

『そんな気持ち。お腹いっぱいで、涼しくて、うとうとしそうな感じ……』

『私の腕の中で安心されて嬉しいが……安心しすぎだと複雑な心境でもあるな』

夜は違うぞと耳元で囁かれて、飛び上がりそうになる。

『ひゃう！　そ、そういうのは、やめて～。免疫ないんだよ！』

『だから、やるんだろう。今しか見られない反応なんだぞ』

「うぅー……」

そういえばエスっ気があると言われているんだったと、悠真はソロリとライアンの腕の中から逃げ出そうとしたが、当然許されるはずがない。

『離して〜』

『夕食には、まだ時間がある。恋人らしく過ごそうじゃないか』

『不埒なことはしないって言ったのに！』

『不埒じゃなく、楽しいことだ』

『うーっ。無理〜。とにかくライアンはきちんと髪を乾かして、服を着てきて！　色気出すの、なしでっ』

『おや？　そんなものが出ているか？』

『分かっててやってるくせに〜っ』

ライアンの手や唇による快感を教えられたばかりなだけに、下手に触られて過剰な反応が出るんじゃないかと怖い。

ライアンにとっては軽い戯れのつもりでも、悠真にとっては体が熱くなる愛撫かもしれないのだ。

『ボクは、絶対に外でご飯を食べるから！　串揚げ、楽しみにしてたんだよ』

自分で揚げる店を調べておいたのだ。まだ串揚げの店には行ったことがないので、本場で食べられると楽しみだった。

フンスッと鼻息が漏れそうな悠真の勢いに、ライアンはクックッと笑う。

『分かった、分かった。悪戯はこれくらいにしておこう。服を着るよ』

『よろしく～』

悠真はそそくさとライアンの膝から降り、一人掛けのソファーにちょこんと座る。

幸いにしてライアンは着替えを持って洗面所に行ってくれたので、目のやり場に困るということもなかった。

悠真はスマホを手に取って、行きたい店の場所を見直す。もしかしたらライアンが電車に乗りたいと言うかもしれないから、駅名もチェックした。

夜になれば少しは暑さも減るので、街をぶらつくのもいいかもしれない。若者に人気、外国人に人気といったキーワードで検索をしていると、すっかり身なりを整えたライアンが戻ってくる。

『まだ早いが、出ようか。ホテルの中を見て回りたい』

『いいね。ボクも興味ある。ホテル、大好き』

上階からということでレストランフロアを見て、その下にあるジムを見学する。

『ワンフロアを使って、ランニングコースを作ったんだ……。高層階で風景を見ながら体を鍛えるって、すごい贅沢』

入会金も月会費も、恐ろしく高そうだ。駅前のジムがよく入会金無料キャンペーンをしているが、そんなものはなさそうな気がする。

自分とは縁がない場所だなぁと思いつつエレベーターで降りて、下のほうのフロアを見物する。

ライアンはホテルの造り自体に興味津々だが、悠真は一階のベーカリーやケーキ店、ホテルオリジナルの店が楽しい。ケーキ店のケースには、なんとも美しいケーキが並んでいた。

悠真は、賞を取ったと書いてあるケーキに目が釘付けになる。

『このケーキ、すごく美味しそう……』

『取り置きしてもらっておいて、あとで部屋に届けてもらえばいい』

『そんなこと、できる？』

『もちろん。……そのはずだ。普通は』

ライアンの持っているキラキラの部屋カードを見せながら聞いてみると、店員の女性は笑顔で了承してくれる。

『それじゃ、ボクはこれにする。ライアンは？』

『私もこれにしよう。それと、チョコレートケーキだ。チョコレートケーキは二つに切ってもらわないか？　ユーマも食べたいだろう？』

『わーい。ライアン、ありがとう』

悠真は喜んで注文し、チョコレートケーキは二つに切っておいてほしいと頼む。そちらもあっさりと了承され、電話をしてくれればお届けしますと言われた。

精算はルームナンバーとサインだけの簡単なもので、グアム旅行を思い出した。

手ぶらのまま隣のホテルオリジナルの店に移り、お土産になりそうなものはないかと探す。

『うーん、格好いいデザイン……』

基本デザインがホテルのエンブレムに、ホテルカラーらしい深みのある青と銀を効果的に使ったもので、高級感があるしこの時期にぴったりだ。Tシャツやパンツといった服も、ちゃんとオシャレに作られている。

『お土産は食べ物がいいって言われてるんだけど……このホテル、グッズも格好いいなぁ』

『食べ物なら、クッキーや紅茶なんかがあるようだが……』

『いや、もうちょっと、こう……実用的というか、ご飯やおやつになりそうなものがいいと思う』

『それなら、パンケーキの粉はどうだ？　厳選した素材で、シロップ付きと書いてある』

『パンケーキ！』

『このホテルの朝食ビュッフェでは、焼きたてが食べられるそうだ。ホテルを調べていて、旨そうだな……と思った記憶がある』

『それは嬉しいね。お高いホテルの、焼きたてパンケーキかぁ。ボク、ホテルの朝ご飯って大好き。豪華なのもあるけど、旅行に来てるんだ～って楽しいよね』

『ふむ、なるほど。ちなみに、どういうところで食べたい？』

『一番は、グアムとか沖縄のリゾートホテル。海を見たり、プールの側で食べたりするのって本当に気持ちいい。将希がもう少し大きくなったらハワイに行こうって言ってたんだけど、夏希が生まれたし、しばらくお預けかなぁ』

『こういう都市型だったら、どういうのがいい？』

　ホテルを設計するためのリサーチかな……と思いつつ、悠真は思いつくまま答える。

『うーん、やっぱり緑と光が多いほうが嬉しい。高層階なら窓が大きくて眺めがいいとか、低い階なら植物をたくさん配置してゆったり感を出すとか。ボクにとってホテル自体が旅行の楽しみの一つだから、贅沢感や非日常感が欲しいんだよね』

『ふむふむ』

『パンケーキは、リゾートホテルの朝の定番って感じ？　これ、夕食から戻ってきたときに買おうっと』

　夏の暑い時期なので、保存の利かない食べ物系のお土産はすべて最終日に買う予定だ。いざとなれば、新幹線乗り場のお土産売り場がある。そこで冷凍のお好み焼きや肉まんなどが買えるはずだった。

　店を出て、そろそろ夕食に行こうかと言うと、ライアンに首を横に振られた。

『ホテルで絶対に見ておく場所は、トイレだ』

『トイレ？』

『ここで手を抜くと、客の心象はかなり悪くなる。泊まり客だけでなく、食事やバンケットを使う客も大切にしないとな』

『……そういえば世界の豪華ホテルの特集で、ギラギラのトイレを見たことがあったな。あと、庭みたいなところにあるトイレとか……逆に落ち着かなさそう……』

『ユーマの好きな、「非日常」じゃないか』

『トイレは落ち着くのが大切だと思う。普通に豪華なら嬉しいけどさ』

『そのあたりはお国柄もあるから、熟考が必要だな。日本人は、トイレにこだわりがあることだし。日本のウォシュレット付きトイレは、一度使うと病み付きになるな』

『ああ、うん、あれはもう、日本では標準装備だよね。逆に、ないと「ないんだ」ってビックリするもん』

笑って話しながらトイレのドアを開けると、中で鏡を覗いていた男性がこちらを見る。

一目でオメガだと分かる可愛らしい顔立ちに、目元の泣きボクロの色っぽさがアンバランスで危うい魅力の二十代の男性だ。

その彼とライアンの目が合った瞬間、時間が止まった。

「――」

「――」

バチバチと、火花が散るような緊張感。

二人が強烈に惹かれ合っているのが手に取るように分かり、悠真の胸を抉る。

自分を優しく、甘く見つめていた青い瞳が彼を凝視するのを目の当たりにして、いやだ、やめてと叫びたくなった。

そうして固まったまま数秒ののち、彼からブワッと甘い匂いが放たれる。

花の蜜を凝縮させたような濃厚な匂いに頭がクラクラし、体が熱くなる。

彼が、ヒート(発情状態)になったのだと分かった。そしておそらくそれは、ライアンと出会ったからだろうということも。

(運命の番……)

兄の悠希を大切に腕の中に囲い込み、慈しんでいる将宗が、ときおり悠希に向かって言っている言葉だ。

一目で惹かれ、目が合った瞬間に運命の番だと分かったと将宗は言っていた。

それが今、目の前で起こっている。

将宗と出会ったときの悠希はヒートには至らなかったようだから、これは明らかに異常事態だった。

オメガのヒートはまわりの人間の理性を奪うので、抑制剤を与えられている。幾度となく改良が重ねられ、本人の体質に合わせているから、きちんと服用すればヒートを抑えられるはずだった。

抑制剤は自分の身を守るために必要なものだし、服用を怠ってヒートを起こし、事件となれば元凶となったオメガが罰せられる。だからこそオメガはみんな、抑制剤の服用については神経質なのである。

「あ……あなたは、ボクの番……‼」

熱く潤んだ瞳と、甘い吐息。

この場で脇役でしかないベータの悠真でも体が熱くて、本能が激しく刺激されてたまらないのに、ライアンが平気でいられるはずがない。

ヒートのフェロモンで、ライアンもまた発情している。飢えた獣のような目で彼を凝視し、今にも飛びかかりそうだった。

(や……やだ、やだっ。ライアン!)

そんな目で見るのは自分だけにしてほしいと思い、涙が出そうになる。

ライアンに甘やかされ、互いに快感と充足感を得た昨夜の行為が忘れられない。

恋人としてのライアンの顔と、優しく包み込む腕――幸せだと感じられたそれを、手放したくなかった。

欲望が猛烈な勢いで膨れ上がり、爆発しそうなライアンの手がピクリと動いた瞬間、金縛りが解けた悠真がライアンの腕に縋りつく。

行かないで――という想いを込めてギュッと力を入れると、ライアンはハッと我に返った様

子だった。

荒れ狂う欲情が少し治まったのか、無理やりといった感じで視線を彼から悠真へと移す。そして大きく息を吐き出し、『助かった……』と呟きながら抱きしめてきた。

「なんで……なんで、その子を抱きしめてるの⁉　あなたの運命の番は、ボクだっ。あなただって分かってるはずなのに！」

そう言ってライアンに縋りつくと、ライアンの体がビクリと震える。

理性を吹き飛ばすオメガのフェロモンの威力はすごいものがある。ましてや運命の番だというなら本能が勝るはずなのに、ライアンは震える手で彼を振りきった。

『触るな！　私にはもう、愛している人がいるっ』

英語は分からなくても、ライアンの拒絶の意思と簡単な単語は分かったらしい。ポロポロと涙を零し、首を振っている。

「なんで、なんでっ。ボクなのに……運命の番は、ボクなのに。お願い……こっちを見て。ボクが運命の番でしょう？」

泣きながら必死の形相で再びライアンの腕を掴む彼の手を、ライアンは嫌悪感も露わにもぎ離した。

『触るなと言っているだろうっ。臭い！』

「く、臭い……？」

『フェロモンの濃密な甘さの中に、幾人もの男の匂いが交じっている。一人二人ではないぞ。かなりの人数だ』

『臭い(bad smell)』という英語以外は理解できない様子の彼のために悠真が通訳をすると、彼は一気に青ざめて後ずさる。

「あ……」

『以前の恋愛についてとやかく言うほど無粋(ぶすい)ではないが、お前のそれは違うだろう。肌に染みついた残り香が複数というのは、恋愛ではない』

どうにも通訳しにくい内容だが、とっさのことなのでマイルドにするのが難しい。

かなりストレートに訳すと、彼の顔色はますます悪くなった。

「あ……違う、違う……」

睨みつけるライアンの目を恐れるように、彼はヨロヨロと下がっていく。

『ユーマ、出るぞ。ここは危険だ』

トイレの中はヒートのフェロモンが充満している。甘ったるい匂いで、いつ理性を飛ばしてもおかしくない。むしろ、なぜこうして話せているのか不思議なほどだ。

『すまないが、その前にフロントに電話をして、ここにヒート中のオメガがいると教えてやってくれ』

『分かった』

トイレには、非常時のための電話があって、フロントに直結している。他の客が入ってきたら大変なことになりかねないので、早い対応が必要だった。

悠真は受話器を取ると、一階の男子トイレにヒートになったオメガがいることを告げた。

その彼は、ライアンに拒絶されたことにショックを受け、蹲(うずくま)って泣いている。かわいそうだとは思うものの、それよりずっと安堵のほうが強かった。

悠真とライアンはトイレを出て少し距離を取りつつ、その場にとどまる。そしてホテルの人間が駆けつけてくる間に他の客が入ろうとしたが、今は使えないと追い払った。

しばらくすると制服姿の男たちが、大きなカプセル型の箱を運んできた。

「ヒートを起こした方は、この中ですか?」

「はい、そうです」

「ご報告ありがとうございます。お二人は大丈夫でしょうか?」

「なんとか」

「それでは、あとは私たちが対応いたしますので、どうぞこの場から離れてください」

「はい」

男たちはフェロモンを吸わないように防毒マスク被り、トイレへと突入した。

悠真はライアンに抱きしめられたまま移動し、エレベーターで部屋へと戻るが、二人とも理性を保とうと必死で、緊張に体が固くなっている。

髪や肌にフェロモンが染みついているような気がするので、頭からシャワーを浴びることにした。

フェロモンを嗅いでしまった体は熱く、二人きりになるとようやくのことで堪えていた理性のタガが外れる。

どちらともなく抱きしめてキスを交わし、互いの体を愛撫しながら浴室へと移動しつつ服を脱がせ合う。

裸で縺れるようにしてシャワールームに飛び込み、ぬるめの湯の下で夢中になってキスを交わした。

口腔内を舐められ、歯列を舐められて熱が高まっていく。悠真も必死になって応え、熱くなった陰茎を揉まれるのを真似してライアンのものを愛撫した。

フェロモンを嗅ぎ、掻き立てられた欲望をずっと我慢していたことですでにもう限界は近い。

「あっ、あ、あ……」

二人とも欲望のままキスを貪り、手を動かして、あっという間に頂点へと達した。

『――――っ！』

同じ行為でも、昨夜の恥ずかしくて――でも嬉しくてたまらなかったときとは違う。フェロモンが生じさせた欲望に追い立てられ、本能のままに突っ走った感じだ。気持ちがいいというよりは、わずかなりとも発散できた安堵のほうが強い。

フェロモンの影響が少し治まったところで二人は髪を洗い、体も洗ってシャワールームを出る。

悠真はバスローブを着て、ライアンに支えられながらヨロヨロと寝室に行き、ベッドにボスンと倒れ込んだ。

「ふぅ～……」

大きく息を吐き出していると、ライアンが冷たい水を持ってきてくれる。

すでに封が開けてあるそれをごくごく飲むと、まだ燻っている熱が少し楽になった。

(衝撃的な体験だった……)

抑制剤の性能がどんどんよくなり、以前のようにうっかりヒートに入ることは滅多になくなった。だから普通の人間が、フェロモンを嗅ぐなどそうそうないのである。

今回はおそらくライアンに出会って起こった事故のようなものなので、彼が咎められることはないはずだ。

(運命の番……)

ライアンを自分の運命の番だと必死に訴えていた、美しいオメガ。

あのときのライアンの様子からも、そこに偽りはないと思う。人が一目惚れに落ちる瞬間というのは、たぶんあんな感じだと思うのだ。

唐突にヒートになったのも運命の番に出会ったからであり、ライアンもまたフェロモンを嗅いで本能に呑み込まれそうになっていた。

　そんな彼を振りきって、一緒に戻ってきてくれたのは嬉しい。とても嬉しいのだが、同時に不安と後ろめたさが悠真を襲っていた。

『あの……彼、放っておいていいの？　運命の番だって……』

『そうかもしれないが、あの男を番にするのはごめんだ』

『どうして？　だって、運命の番だよ……？』

　検証が難しく、お伽話の扱いにある運命の番だが、アルファやオメガの憧れのはずだ。

　ベータ因子が強い悠希だって、番を得るのを諦めつつも、もしかしたら運命の番が――と微かな期待を持っていたのを知っている。

　それくらい、アルファやオメガにとっては強く憧れ、渇望している存在だった。

『運命の番については諸説があって、一番有力なのが種の保存説だ。子供のできにくいアルファの種を次代へと繋いでいくために、体の相性が素晴らしくいい二人を運命の番と呼んでいるというものだ』

『えっ……思ってたのと違う……』

『一般的なのは、ロマンチックなお伽話のほうだろうな。だが私は、種の保存説のほうが合っているのではないかと思っている。現に、運命の番と思われるマサムネとユーキは、一人しか子供が生まれないという家系において、早々と二人目を授かっている』

『ああ、なるほど……』

二人目ができたと知ったときの将宗の両親の驚きと喜びは大変なもので、父親などは「八神家の呪いが解けた」と泣きださんばかりだった。

鬼気迫る形相で悠希の手を取って感謝する様子は、感動というより怖いと思った。

『アルファ同士でアルファを産む確率が二十～三十パーセントだとする。アルファとベータなら、五パーセント未満。アルファとオメガなら六十～七十パーセント。運命の番は九十九パーセントであり、頭ではなく本能が強烈に惹かれるというのはありそうだろう?』

『ありそう……かも』

『私がユーマという愛おしい存在を見つける前だったら、他の男たちの匂いが鼻についても惹かれていただろう。……それは、私にとってひどい屈辱だ。本能に負けて、体を売るような人間を番にするなんて』

『えっ⁉ あの人、売春してたの?』

『おそらくな。匂いが残るほど短期間での複数の男と体を重ねたのは、もしかしたら夜遊びが過ぎただけとも考えられるが……体を売る人間は気配が似ているからなんとなく分かる。もしあれと番になっていたら、ヒートが終わったあとに修羅場が待っていたな。フェロモンに惹かれて、あれと生涯をともにするなど絶対に無理だ』

『そ、そうなんだ……』

運命の番が赤い糸で結ばれた恋人同士ではなく、遺伝子レベルで体の相性がいい相手だと考えると、一緒に暮らしていくのは大変な気がする。

最初の出会いで一目惚れ状態にあるようだから、そこでうまく心を添わせられればいいが、ライアンのように拒否反応を見せながらも本能に引きずられるのだとしたら、正気を取り戻したときの自己嫌悪はすごいものがありそうだった。

それでも番となり、体の相性がよければなんとかなるのだろうか――けれどアルファは自尊心が高く、ライアンと将宗、将宗の父しか知らない悠真には、彼らがそんな事態を我慢できるとは思えなかった。

『でも、なんであの人は売春なんて……』

アルファの子供を高確率で産めて、アルファよりも数の少ないオメガは保護の対象だ。

大抵はアルファとオメガの間で生まれることが多いから問題ないが、悠希のようにベータから突然変異的に生まれたり、生活環境に問題があったりするときは人的、金銭的な補助がある。

悠希の場合は両親ともに医師で援助の必要はなかったが、オメガによっては成人するまで結構な額の援助を受けたり、裕福な家庭に養子としておさまったりするらしい。だからオメガが売春するほど困窮するとは考えにくかった。

『オメガは国に登録され、守られるはずだが……日本は違うのか？』

『違わない。兄さんもちゃんと登録されてるし、そうしないと抑制剤をもらえないから大変なことになると思うよ』

『では、オメガの補助は何歳までだ？』

『二十歳……だけど、大学に通ってる場合は卒業まで。でもオメガは結婚が早いからね』

アルファより少ないことで、奪い合い状態だ。

悠希のようにベータ因子が強くても誘いはあったようだし、普通のオメガなら選り取り見取りで、アルファ求婚者の中から好きに選べる。どう考えても売春をする理由が見つからなかった。

『病院で生まれなければオメガ判定もないけど……抑制剤がなかったらヒートを起こして大問題になっちゃう』

『ときおり、運命の番を見つけるんだと言い張るオメガがいる。私は日本人の年齢はよく分からないが、彼は何歳くらいに見えた？』

『うーん……成人はしてると思う。ラフな格好だから会社員ではないと思うけど、大学生っぽい感じでもなかったんだよね。二十三、四歳くらいかなぁ？』

明るい茶色に染めた髪や服装、持ち物が、どれも高そうではあるが派手であり、ちょっとホストっぽいかも……と思った。学生ではなく、金を稼いでいる人間の雰囲気があったのだ。

『運命の番を探していると申請した場合、補助金は延長されないのかな？　イギリスでは二十五歳まで許されるのだが』

『うーん……分からない。うちは補助金をもらってないから、詳しいことは知らないんだ。でも、オメガが何かしら訴えれば、よほどのことがないかぎり認められると思うけど』

『やはり、日本でもオメガが売春をするほど困窮することはないか……』

『うん、それはないと思う』

そうなるとあとは補助金内で収まらないような贅沢品や遊びのための金銭稼ぎか、何か後ろ暗いことがあって申請できなかったということになる。

どういった理由にしろ、いいものではないのは確かだ。

『分からないな……運命の番を探すっていう理由なら、売春なんてしないよね？』

『普通はそうだが、そんなことをする人間の考えは分からない。運命の番にかこつけて、よりよい相手を待っているということもありえるか……。貴族でいうなら伯爵より侯爵、侯爵より公爵、叶うことなら王族……といった感じだな』

『お、王族……』

『高望みすれば、そうなる。もっとも王族ともなると、普通のオメガが入る余地はないが。それに過去をほじくり返され、親族や祖先、思想に至るまで調べつくされる』

『そ、そうなんだ……』

『だが最近は昔ほど厳しくないし、やりようによっては伯爵か侯爵くらいは狙えるかもしれないな』

『ふえー』

『抑制剤を調節し、ヒートをうまく誘発できれば可能だ。フェロモンには強烈な磁力があると身をもって知ったことだし。……本当に、ユーマがいてくれて本当に助かった』

『ライアン……』

バスローブ姿のままで話をしている間も、ライアンは悠真から離れようとしない。互いに動揺が収まっていないから、ギュウギュウと抱きしめられるのが嬉しかった。

『ボク、子供産めないよ？　ベータの女性とだって五パーセント未満とはいえアルファの子供が産めるし、ベータの子供だったら二、三人持てるかも。でも、ボクじゃゼロパーセントだ。それでもいいの？』

『自分の子供が欲しいと思ったことは一度もない。——心から愛せる番が欲しいと思ったことはあるが、何十、何百ものオメガと会ってもまったく心が惹かれることはなかった。可愛いと……愛おしいと思ったのは、ユーマが初めてなんだ。そういう感情は諦めていただけに新鮮で、とても嬉しかった』

ライアンの大きな手で顔を包み込まれて、ソッと唇が重ねられる。

綺麗な青い目が、真摯に悠真を見つめていた。

『私は、運命の番などいらない。子供を持つためだけに、オメガを番にしようとも思わない。ユーマが私とずっと一緒にいてくれれば幸せだ。……ユーマ、私の心の番になってくれないか？』

『ライアン……』

ライアンの言葉が、悠真の最後の壁を壊してくれる。好きという気持ちだけでは突き進めない道も、ライアンとならきっとなんとかなると感じた。

悠真にとって一番怖かった、ライアンの運命の番はもう現れたのである。そのうえで、運命の番より悠真のほうがいいと言ってくれたのに感動した。

悠真はいろいろな迷いを振りきって、涙を零しながらコクコクと何度も頷く。

『ボクも……ボクも、ライアンとずっと一緒にいたい。ライアンがあの人を振り払ってくれたの、すごく嬉しかった……』

唇は角度を変えて何度も重なり、舌を絡め、互いに求め合う。

濃厚なキスが、理性でなんとか抑え込んでいた欲情を再燃させた。

フェロモンは、話に聞くほどの強力さではなかった。あの甘ったるい匂いを嗅いだらすぐにオメガに飛びかかるという話だったのに、二人ともそうせずにすんだのである。

とはいえやはり威力は相当なものがあって、一度射精したくらいで治まるものではなかった。

恋人が目の前にいて、欲情していて、想いも改めて確認し合った。最後までしないという誓いは、悠真自身が求めているために破棄されることになる。何よりフェロモンが掻き立てた衝動に、これ以上逆らうのは無理だった。

ライアンが好きで、欲しくて、ちゃんとした恋人になりたいと熱望する。

ライアンを求めるキスでそれが分かったのか、バスローブを脱がせられて体のあちこちに愛撫の手が伸びた。

飢えて貪り合うようなキスの最中で熱くなっている肌を刺激されると、ゾクゾクとした快感が生まれてうまく呼吸できなくなってきた。

頭が朦朧としてくると唇が離れ、首筋を舐められる。大きな手が平らな胸を撫で回し、小さな突起をいじった。

フェロモンが全身に回っている体には、気持ちがよすぎて困る。ライアンの唇と手が触れているところが、溶けてしまいそうに熱かった。

ライアンもまたフェロモンに中てられているので、その愛撫は性急だ。悠真に快感を与えるためというよりは、自身の欲のまま触り、吸いついている感じがある。

だからこそ求められているという思いは強まり、それが悠真の興奮を煽っていた。

『う、ん……あ、あっ……』

感じるままに声をあげ、気持ちいいのだと訴える。もっともっとと貪欲になり、体の奥底からライアンを感じたいという希求が生まれていた。

ライアンの唇が下へと向かい、大きく開かされた脚の間に埋まる。

『あぁっ！　んぅ……』

ライアンの指が根元を締めつけていなければ、咥えられた瞬間に欲望が弾けたに違いない。ライアンほどの体力がない悠真が、立て続けに何度も射精すると大変だからと頭の片隅で理解しつつも、ひどいひどいと恨みがましく思ってしまった。

何しろ、体が熱くてたまらない。欲望が体内で竜巻のように暴れ回り、悠真を苦しめている。昨日と同じ行為なのに、フェロモンのせいでその苦しさは桁違いだ。

甘く苦く、気持ちがよく苦しい——相反する感覚に翻弄され、ライアンの濡れた指が双丘の奥に眠る蕾に触れても怖いとは思わなかった。

そこでライアンを受け入れるのだと知っている。そして受け入れられれば、この荒れ狂う熱をなんとかしてもらえると渇望した。

おかげで体が緊張で強張ることなく、ライアンの指が入り込んできても拒否感はない。違和感は強いものの、それを上回る焦燥が打ち消してしまう。これに関しては、フェロモンのおかげだった。

ハッハッと自分の荒い呼吸を遠くに聞きながら、甘い口淫と体内をまさぐる指の感触にのたうつ。

「やぁっ……ん……あぁ……」

嬌声がひっきりなしに溢れ、前と後ろ、どちらがもたらす感覚なのか分からなくなる。

幾度となく絶頂寸前までいかされながら、どうあっても許されない熱が悠真の頭を支配する。

達きたい、達きたいと、それしか考えられない。圧迫感を増した指が何本挿入されているのか、抜き差しされて中を掻き回されるのさえ快感へと繋がってしまう。

逃げ出したくなるほどの焦燥は強くなる一方で、なんでもいいから早くと喚きたくなった。

『ラ、ライアン……苦し……もう、無理……もう、もう……』

限界なんて、とっくの昔に突き抜けている。

ライアンだって苦しいはずだし、悠真のために念入りに解してくれているのは分かっていても、フェロモンに冒された体が本能で大丈夫だと伝えてきていた。

もう、受け入れ準備は整っている。過ぎる情欲とフェロモンが恐怖も取り払ってくれているため、体が拒否して強張ることもない。

そんなことより、早く早くとライアンを求めていた。

悠真の訴えに指が引き抜かれ、脚を抱え上げられる。

絡まった視線で、ライアンはやはり自分以上にフェロモンに苦しんでいるのが分かった。顔に余裕がまったくなく、獣のように目がギラついている。

いきなり襲いかかられてもおかしくなかった様子で、なんとか理性を保ってくれたことに感謝した。

何しろ遺伝子レベルで相性がいいという、運命の番のフェロモンである。普通でさえオメガのフェロモンは本能が剥き出しになるといわれているのに、ライアンの意志の強さは感嘆ものだった。

ライアンの手が悠真の頬を撫で、励ますように微笑みかけられる。

無理をしているその顔に悠真がコクリと頷くと、解された蕾に熱いものが押し当てられ、グッと入り込んできた。

「くぅっ……」

大きくて、固い。

指でやわらかくされているとはいえ受け入れるのは無理なのではないかと怖いほどだが、媚薬代わりとなっているフェロモンがいい働きをしてくれる。なんの根拠もなく、大丈夫、早くと柔軟に迎え入れていった。

少しばかり性急に、それでも必死に衝動を堪えているらしいライアンのものが、ズッズッと奥に進んでくる。

秘孔が限界まで広げられ、異物感、圧迫感ともに恐ろしいほどだ。

フェロモンを嗅いでいなかったら、本当に怖くて無理だったかもしれないという考えが頭を過った。

悠真とライアンの体格差や、オメガでもない同性同士なこと。初めての行為への恐怖——恐怖があれば体は強張り、耐えられないような痛みを感じていたと思う。

激しくライアンを求めている今でさえ狭い入口を広げられる痛みはあって、欲しいという衝動に覆いつくされているからあまり気を取られないですむだけだ。

悠真の脳に痛みは遠く、早く早くとそればかりなのが救いとなっていた。

それでも、根元まで押し込まれるとさすがにきつい。ゆっくりと動かれ、痛いのか苦しいのか気持ちいいのか判別がつかなかった。

「あぁ……っ、あ……くぅ、ん……」

いろいろな感覚が入り乱れて、わけが分からなくなっている。

ただ、自分の中を蹂躙している灼熱の塊がライアンの分身で、自分を強く求めているのが嬉しかった。

奥まで突かれ、引き抜かれ、抽挿が悠真の中の快感を引きずり出す。

今は自由になっている陰茎がライアンの腹に擦られ、後ろへの刺激に溶けて一体となる。そしてこれは気持ちがいい行為なのだと、体に刷り込まれる。

すでに心が受け入れていることもあって、連続する刺激にすんなりと馴染んでいった。

「んっ！　あ、あぁ……あんっ、あ……」

悠真が甘くとろけたことで、ライアンの腰の動きが激しくなる。

深く貫かれ、中を掻き回されて、悠真は快感の渦に巻き込まれていく。

ライアンの動きについていくのは大変だが、本能がやり方を知っている。ライアンに翻弄されるだけでなく、自らも快感を追っていた。

熱く高ぶり、高まり、ともに頂点を目指す。

ずっと我慢させられていた悠真の体は一気に高みへと駆けのぼり、ライアンのものを強く締めつけた。

「あぁぁ――っ！」

『くっ……』

最奥に熱い飛沫を叩きつけられ、衝撃が悠真を襲う。

フェロモンによる初体験はあまりにも強烈で、フェロモンを嗅いで以降の精神的、肉体的疲労がドっと押し寄せてくる。

終わったという安心感もあって、悠真の意識はプツッと切れた。

――けれどそれは、ほんの数秒のことだったらしい。

ライアンに口移しで冷たい水を流し込まれ、渇いた喉でそれを飲み込むことで意識が浮上する。

「あ……」

『もっと飲むか？　喉が渇いただろう』

『うん』

上体は抱き起こされていて、ライアンに凭れかかっている。体が怠くて腕を持ち上げる気力もないから、ライアンがコップを口元まで持ってきてくれて助かった。

冷たい水をゴクゴクと半分ほど飲んで、ホッと吐息を漏らす。

『美味しかった……』

『疲れただろう？　私は風呂に湯を溜めてくるから、休んでいるといい』

『うん。ありがとう』

汗と体液で体がべたついているから、風呂に入れるのは嬉しい。

力の入らない体を横にしてもらい、悠真は目を瞑って「眠いかも……」と呟いた。

疲れて頭がうまく働かないが、フェロモンの影響はかなり抜けた気がする。ジッとしていられないような熱と焦燥感はなくなり、落ち着いていた。

悠真が睡魔に負けてとろとろと気持ちのいい浅い眠りに入っていると、ライアンが戻ってくる。

『ユーマ……眠っているのか？』

困ったような声が、遠くに聞こえる。

入浴の準備ができたのかと頭の片隅で理解し、ゆっくりと目を開けた。

『お風呂……入る……』

とても疲れて眠いけれど、入浴のほうが優先だ。

悠真が根性で体を起こそうとしたところ、ものすごい激痛が腰を走り抜けた。

「痛ーい‼」

グキッというか、ビキッというか、とにかく知らない類いの痛みだ。

あまりの痛さに起き上がりかけた体が崩れ落ち、悠真は腰を押さえて呻くことになる。

『ああ〜。ユーマ、大丈夫か⁉』

思いっきり動揺しているライアンが駆け寄ってきて、オロオロしているのが分かる。

将宗はライアンのことを「氷の王子」なんて言っていたけれど、悠真が知るライアンはいつだって甘くて優しくキラキラと眩しい、「光の王子」だった。

『うー……痛いけど、大丈夫』

フェロモンのおかげで悠真の負担はずいぶんと減っていたと思うのだが、ライアンとの体格差を考えればダメージがあって当然だった。

もちろんそれは覚悟していたものの、力を入れるのも怖いほどとは知らなかった。

しばらくジッとしているうちに痛みが治まっていき、悠真はホッと安堵の吐息を漏らす。

『本当に大丈夫か？』

『力を入れなければ、大丈夫みたい。お風呂〜』

『ああ、分かった分かった。そのまま力を抜いているんだぞ』

『うん』

これに関しては、ライアンとの体格差に感謝だ。ライアンは軽々と悠真を抱き上げてくれて、とても安定しているから安心して身を任せられる。

浴室まで連れていってもらうと泡でいっぱいの浴槽があり、悠真のテンションを上げる。

『あわあわだ！』

『ユーマはこういうのが好きそうだから、入浴剤をたっぷり入れた』

『ありがとう！　すごく嬉しい。いい匂いだなぁ』

『五種類ほど用意されていて、これはモモの香りだな。他に森林の香りやオリエンタルなんかもあった』

『オリエンタル？』

それはどんな香りだろうと首を傾げる悠真ごと浴槽の中に沈み込んだあと、ライアンは手を伸ばしてボトルを取ってくれる。

蓋を開けて香りを嗅いでみれば、確かにオリエンタルっぽい匂いがした。

『……なるほど、オリエンタル。どこがどうオリエンタルか分からないけど、そんな感じ』

『部屋が空いていればここにもう少し泊まるつもりだから、あとで試してみよう』

『えっ、そうなの？　明日は他のホテルを予約してるんじゃなかった？』

『そうだが、今のユーマの状態では移るのはつらいだろう？　ずっと私に抱かれて移動することになるぞ』

『ううっ……それは、ちょっと……だいぶ、恥ずかしいかも。万が一スマホで撮られて拡散されたら、外を出歩けなくなる……』

ライアンに同行して分かったが、見目麗しいアルファを盗撮しようとする人間は多い。日本では頭一つ分大きくて目立つ完璧な容姿に、目を輝かせた女の子たちがこっそりとその姿を撮ろうとしていた。

そんなライアンにお姫様抱っこをされて運ばれる自分が撮られ、悪意もなく拡散されるのは想像するだけでつらい。

一泊とはいえ高価なジュニアスイートルームのキャンセル料を考えるともったいなくて仕方ないが、拡散のほうが遥かに怖かった。

『うぐぅ……もったいないけど、お願いします』

『ああ。空いていなければ、諦めて移動だが』

『学校はもう夏休みに入ってるけど、スイートなんてそうそう埋まらない気が……埋まっていませんように』

ライアンは悠真をお姫様抱っこしての移動を恥ずかしいと思うタイプではないので、悠真一人で一生懸命祈っておく。

『どうやらこの入浴剤は、髪と体を洗えるタイプらしいぞ』

ライアンは我関せずといった様子でボトルのパッケージを読み、ふわふわの泡を悠真の頭に乗せた。

『ロシアの帽子みたいだな』

『ライアンも……いたたっ』

うっかり上体を捻ろうとして、腰の痛みに呻くことになる。

『大丈夫か⁉』

『平気。力を入れると痛いの、忘れてた』

こうして動いてみると、腰だけでなくあちこち痛いのが分かる。

あたたかなお湯のおかげで体の強張りは楽になってきたが、筋を傷めたような痛みは消えない。

『ユーマは力を抜いて、私に凭れかかっているといい』

『うん』

悠真は言われたとおりにして、大量の泡で髪を洗ってもらった。それから腕をマッサージするように揉まれ、その気持ちよさにうっとりする。

ときおりグリグリと痛いところがあって、思わず体が強張るとそこを集中的に揉んでくれる。

『これは……ベッドで腰と足をマッサージしたほうがよさそうだな』

『うーん、結構凝ってる……』

『普段使わない筋肉を使ったから、マッサージしておかないと明日は筋肉痛で大変かもしれない』

『それは困るなぁ。腰だけでもつらいのに』

『まぁ、一日ホテルにこもる予定だから、のんびりしよう』

『うん』

ライアンの手が悠真の脚を撫でて、尻に回ってくる。

軽く揉まれたあと、腫れぼったくなっている蕾に指が入り込んできた。

「ひあっ⁉」

『精液を掻き出しておかないと、腹を下す。……なるほど。番だと、男同士でもこれをする必要がないのがメリットだな』

「うーっ……ううーん。うぅ、ん……」

前戯ではないのは分かっているが、まだ熱を持っている気がする部分への刺激は危険だ。気を抜くと快感に繋がってしまいそうで怖い。

「あ、ん……」

『誘惑すると、あとが大変だぞ』

「うーっ」

誘惑なんてしていないと言いたいが、下手に口を開くとまたおかしな声が漏れてしまうかもしれない。

悠真はグッと眉間に皺を寄せて指の感触に耐え、やけに長く感じる時間を過ごすことになった。

『もういいだろう』

その言葉とともに指が引き抜かれ、悠真はぐったりと脱力する。

『ほぇ～……疲れた……』

肉体的な疲労に精神的な疲労が加わって、気力をごっそり持っていかれた。これをしなくてもいいなんて、番関係が心底うらやましくなる。

へたっている悠真の体が抱き起こされ、シャワールームへと運ばれる。

ライアンに支えられながら体についた泡が湯に流されていき、再びバスローブを着せられてリビングに戻った。そしてソファーに寝転がらされて、何が飲みたいか聞かれる。

『炭酸！　コーラ以外』

『了解』

戻ってきたライアンの手にはビールとレモンサイダーがあって、クッションを重ねたそこに凭れかけさせられる。

蓋を開けたサイダーを渡された。

『んー……美味しい。冷たくて、甘くて、炭酸のシュワシュワが最高！』

『風呂上がりの炭酸は旨いな』

『……炭酸違いだけど。イギリス人、びっくりするほどビール好きだね』

『パブ文化だからな。日本に来るにあたって、イギリス式のパブがいくつもあるのを知って安心した』

『イギリス式？　違いってあるの？』

『イギリスのビールがたくさんあったり、料理がイギリスのものだったり。フィッシュ&チップスは外せない』

『まずいって言ってたのに、食べたいんだ？』

『フィッシュ&チップスやローストビーフは旨いからな。それに、ウナギのゼリー寄せやハギスはさすがにないだろう。あっても、頼まないが……』

『メニューに載せるなら、美味しく作ってるかもよ？　日本人は改造が得意だもん。ラーメンなんて、どこまで進化するのか謎なくらいだし』

『……確かに。日本で、激マズ料理にチャレンジしてみるのも手か？　あの生臭いウナギを旨くできるのか試してみたい気はする』

『ウナギは高級食材なだけに、絶対美味しく作ると思う。ウナギがまずい食べ物って思うのは、もったいないよ』

『ユーマに、本場のウナギのゼリー寄せを食べさせたいな。なんというか……見た目といい匂いといい味といい、ものすごい破壊力だぞ』

『……わざわざまずいものを食べたくない。どんなものか、一口だけならお試ししたいけどね』

『あれは、完食できるものではないからな。確かにもったいない』

ライアンは頷いてビールをテーブルに置くと、立ち上がって受話器を取った。そしてもう二日泊まりたい旨を伝える。

どうやら部屋は空いていたようで、ホッとした。

この腰の痛みがすぐによくなるとは思えないし、明日には筋肉痛になるかもしれない。お姫様抱っこでの移動が回避されて本当によかった。

機嫌よく受話器を置いたライアンは、タブレットを悠真に渡して肘置きに腰かける。

『外に出られないから、ルームサービスにしよう。何がいい？』

『んー……結構いろいろあるね。こんな高級ホテルでも、お好み焼きとたこ焼きがあるんだ……さすが大阪』

『ユーマが食べたがっていた串揚げはないな』

『あれは、揚げたてじゃないとね。うーん、何にしよう』

『私は、お好み焼きと……日本のホテルのカレーが旨かったと聞いたから、それを頼む』

『じゃあボクは、体に優しそうな鍋焼きうどんにしよう。大阪のは白だしなんだよ。体が熱くなるかもしれないから、ライアン、クーラーの温度下げてくれる？』

『分かった』

ライアンはピピッとタブレットに注文を打ち込み、送信する。そしてそれを元の位置に戻すと、クーラーの設定温度を下げてきてくれた。

そしてヒョイと悠真の体を俯せにし、両方の親指で腰をグイッと押す。

『いたーい！　なんか、ツボに入ったっ』

『そんなに力は入れなかったんだが……軽く押していくぞ』

『うう一っ』

痛いところと痛くないところがあって、痛いときはつい体に力が入るので、そこを重点的に押されることになる。

『いたた……痛い……けど、効いてる気がする……』

『それはよかった。動くたびに痛いんじゃ、かわいそうだからな』

『ありがと』

『元凶は私だしな』

『確かに！』

同意の下での行為ではあったが、ライアンの体格が人並み以上なことで悠真への負担は大きくなった。

外国人のアレはサイズが大きいというから、その分悠真は大変だった気がする。父親が日本人男性の平均だとすれば、ライアンのはだいぶ大きかったのだ。

チラリと視界に入ったときには、『無理！』と逃げたくなった。

やっぱり自分の腰がこんなに痛いのはライアンのせいだと、悠真は唸りながらマッサージを受ける。

ルームサービスが来るまでたっぷり揉んでもらって、ソロリと起き上がってみるとずいぶん楽になっていた。

『おおっ、あんまり痛くない』

少し動くだけでもどこかしらに痛みが走ったときに比べれば、我慢できる程度だ。

悠真がホッとしていると、ライアンがワゴンを押して戻ってくる。

『一人で起き上がれたか』

『うん。ライアンのおかげで、すごく楽になったよ。ありがとう』

ゆっくりと気をつけながら、それでもときおりいててと言いつつきちんと座る。

ライアンがせっせと料理をワゴンからテーブルへと移し、『取り皿が必要だな』とキッチンに向かう。

いろいろと食べたがる悠真のために、取り分けてくれるらしい。ついでに自分も鍋焼きうどんを味見しようと、オシャレな丼に移している。

『いただきます』

鍋焼きうどんを半分と、カレーとお好み焼きを四分の一ずつ。三種類も食べられて、悠真はご機嫌になる。

『……ん？　ホテルカレー、すごく美味しい。まろやかでお高い味がする』

　具材はやわらかく煮込まれた牛肉だけだが、ルーにいろいろな野菜の味がある。ずいぶんと複雑な味わいになっていた。

『このヌードルは、そうめんと違うな。ソバでもない』

『うどんだよ。そうめんが太くなった感じ。そうめんより太い分、こんなふうに煮込んでも大丈夫なんだよ。美味しい？』

『ああ。スープが違うせいか、まったく別の食べ物のようだ。どっちも旨い』

『だよねー。暑い中、冷房をガンガンに効かせて食べる鍋焼きうどんもいい。お好み焼きとカレーっていう、全然味が違うのをちょこちょこ食べると、飽きないのもいい。串揚げは残念だったけど、ルームサービスも美味しいなぁ』

『その土地の料理があるのが、素晴らしい。そういえばバリ島に行ったときは、アメリカ系のホテルにもかかわらず、インドネシア料理がたくさんあったな。外に出なくてもいろいろ食べられてよかった。衛生面でも安心だし』

『あー……バリ腹なんていう言葉があるくらいだから、衛生は大事だよね。友達は、帰りの飛行機あたりから大変なことになったたって』

　念のためにと持っていった薬では間に合わなくて、かなりつらい思いをしたらしい。怖い顔で、海外では氷の入った飲み物は絶対に飲んじゃダメだと忠告された。

『ライアンは大丈夫だった？』

『気をつけていたからな。その点、日本は安心できる。そのあたり、かなり神経質な国だろう？』

『そうだねー。衛生基準は高いと思う。それに水道水が飲めるから、氷にビクつく必要もないし。この水も、浄水器を通した水道水じゃないかな。……あ、ここはスイートルームだから、ミネラルウォーターの可能性もあるか』

高価なウエルカムフルーツがあったし、いろいろと特別扱いされていそうだ。けれどあいにく、悠真には浄水器とミネラルウォーターの違いは分からなかった。

『飲みやすいなら、どっちでもいいね』

そう言ってお代わりを注ごうと水差しを掴み、持ち上げようと力を入れて呻くことになる。

『い……痛い……不用意に力を入れると、ものすごく痛い……』

お喋りと食べるのに気を取られて、腰が痛いのをすっかり忘れていた。

腰を押さえて涙目になっていると、頭をポンポンと叩かれる。

『大丈夫か？』

『うっかりしちゃった』

『コップより重いものは持たないように気をつけないといけないな』

『うん』

水はライアンが注いでくれたので、痛みが治まったところで食事を再開する。痛いからといって食欲が落ちることはなく、最後まで綺麗に食べ終えた。

『取り置きしていたケーキがあるが……せっかくだからフルーツと一緒に食べよう』

『いいね！』

ライアンは鼻歌交じりで食べ終えた食器をワゴンに移し、ケーキの載った皿をキッチンへと持っていく。

冷蔵庫からメロンを取り出すと、意外と器用な手つきでメロンをカットし、リンゴなどの皮を剥いていった。

『おっ、ラップやアルミホイルもあるのか。気が利くな』

食べやすさ優先なのか、果物はみんな一口大でゴロゴロと皿に載せられている。

悠真はライアンに感謝しながら、ありがたくケーキを食べた。

『うん、美味しい。それにこのメロンはなかなか……相当……桐の箱に入っていてもおかしくないレベル』

『いやはや、大したものだな。ケーキが霞(かす)む旨さとは……』

『さすが高級ホテルのスイートルーム。びっくりだよ。……あれ？　カスタードクリームがある。もしかして、ホテル側からのサービス？』

『デザートらしく、カスタードクリームとストロベリーソースで飾られていたぞ。果物を載せたから、見えなくなったが』

『おおざっぱだなぁ』

悠真はちょいちょいと果物を端に寄せて、クリームとソースをケーキに絡めて味わった。

おかげで、デザートまで大満足の夕食となった。

『はぁ……お腹いっぱい』

『疲れているはずだから、すぐに眠くなるぞ。その前に、歯磨きをしておこうな』

そう言うなりヒョイと持ち上げられて、浴室へと運ばれる。そして椅子に座らされると、歯磨き粉をつけた歯ブラシを渡された。

シャカシャカと気がすむまで磨いて、先に終わらせたライアンが腰を支えて立たせてくれる。水で口の中を漱(すす)ぐが、吐き出そうと屈むとピキッと痛みが走った。

うぎゃっと悲鳴があがりそうなのを我慢して歯磨きを終わらせ、それだけで力尽きそうになった体を寝室に運ばれる。

あの痛みを味わった直後なので、動くのが怖くなる。だから運んでもらえるのはとてもありがたかった。

なるべく力を入れないように気をつけていると、乱れていないほうのベッドに下ろされる。

上掛けを捲(めく)って中に入れられ、頭の下に枕を差し込まれた。

『何か欲しいものはあるか？　飲み物は？』

『今はいらない』
『そうか。邪魔をされたくないから、ワゴンを外に出してくる』
テレビのリモコンを渡され、手が頭を撫でていく。
その手の感触を名残惜しく感じながらも、すぐに戻ってくるんだからとテレビのスイッチを入れた。
あちこちチャンネルを変えて、歌番組があったからそれにする。いろいろあって疲れている
ので、聞き流せるほうがいい。
ぼんやりと歌を聴いているとライアンが戻ってきて、水差しとコップの載ったトレーをベッ
ドサイドのテーブルに置く。
それから上掛けを捲り、隣に入ってきた。
枕を退かされて腕を差し込まれ、引き寄せられる。悠真もスリッと頭を寄せ、落ち着く位置
を見つけて目を瞑った。
『お腹いっぱいで、眠い……』
『好きなだけ眠るといい。喉が渇いて目を覚ましたら、私を起こすんだぞ。自分でやろうとす
ると、また痛い思いをするかもしれないからな』
『はぁい。よろしくです』
変な遠慮をせずに甘えておこうと、悠真は頷いた。

くっついたところから、ほんのりと体温が伝わってくる。ライアンの腕に包まれ、優しい手がバスローブ越しの肩を撫でていた。

(気持ちいい……)

満腹で、倦怠感と安心が睡魔を引き寄せる。

悠真はあっという間に眠りに落ちていった。

★　★　★

眠ったのが早かったからか、起きるのも早い。

悠真がふあ〜っと欠伸をしていると、それでライアンも目が覚めたらしい。

『……おはよう』

『おはよ。すごくよく寝た気分』

寝返りを打つときに、何度か「いてて」と目が覚めたが、すぐにまた眠りに引きずり込まれたので、睡眠は充分だ。

『体は痛くないか？』

『んー……』

確かめるために悠真は手を上げ、足を動かし、ソロリソロリと上体を起こそうとする。

『あちこち痛い……けど、昨日よりは全然マシ。ゆっくりなら動けそうだよ』

『それはよかった。では、風呂に入って体をほぐしたほうがいいな。ユーマは準備ができるまでそのままだ』

『うん。ありがとう』

ライアンは意外なほどマメだし、いろいろなことができる。貴族のお坊ちゃまは身のまわりの世話をする人間が何人もついているというイメージなので、不思議なほどだった。

「着替えの手伝いもしてもらってるっていうイメージだったんだけどなぁ」

映画でそんなシーンを見た気がする。そんなに小さくもないお坊ちゃまが、手足を上げ下げするだけで着替えが終了していた。

一人旅をしているライアンだから身のまわりのことは一通りできるのだろうと思っていたが、他人の世話までできるとは思わなかったのである。

浴室から戻ってきたライアンは、コップに水差しの水を注いで渡してくる。

『……まだ冷たくて美味しい』

『氷がたっぷり入っていたからな』

どうやら喉が渇いていたらしく、半分ほど入ったそれをゴクゴクと一気に飲み干してしまった。

『お代わりは？』

『もう、大丈夫。それより、お風呂に入りたい』

『まだ溜まっていないと思うが……まぁ、いいか』

ライアンに抱き上げられて浴室に行き、バスローブを脱がされて湯に入る。

『おお～、あわあわ作成中』

湯は三分の一程度しか溜まっていないが、勢いよく注がれる湯からどんどん泡が作られていくのが面白い。

バスタブにペタリと座り込んだ悠真は、ジャブジャブと湯を掻き混ぜて泡立てた。

『これ、オリエンタルだよね？　いい匂い……』

『買って帰るか？　確か、下の店にあっただろう』

『残念ながらうちのお風呂、入浴剤は使えないんだよね。だから、こういうのは旅先でのお楽しみなんだ』

『ああ、どのホテルもいろいろと用意してあるからな。確かに楽しいかもしれない』

『どのホテルもいろいろっていうのは、ライアンがお高いホテルのスイートに泊まってるからだと思うけど。入浴剤がないホテルもあるし、あっても普通は一種類だよ』

『そうなのか？』

『ボクはスイートなんて泊まるの初めてだから、たくさんあってびっくりしたもん。部屋が広いのは知ってたけど、ウエルカムフルーツがあったり、入浴剤が何種類も用意されてたり。バスタオルなんかもたっぷりあるし。バスローブと浴衣と寝間着……寝間着なんて二着もあるよ。一泊なのに、なんで？』

『夏だし、寝汗をかいたとき用じゃないか？　それに、色の好みもあるだろう。白はいやだとか、この青は好みじゃないとか』

『外に出るわけでもない寝間着に……しかもたった一泊、寝るだけのためのものに好みとか気にする？』

『自分の要求を通すのに慣れた人間にとってはな。おそらくこのホテルにも、いろいろな色の寝間着が用意されていると思うぞ。電話一つで持ってこられるように』

『そうなの？』

『ああ。客の要望は可能な限り叶え、不満をなくすのがホテルだ。私の情報もあれこれ調べ、秘書とも連絡を取り合って身長や好みなどを聞き出したはずだ。だから寝間着のサイズも合っているんじゃないかな』

『そう言われてみると……ライアン、背が高いから、普通サイズじゃ入らないよね。もしサイズの違うものが用意されてたら、怒るもの？』

『怒る人間もいるだろう。私は面倒だからわざわざ文句を言ったりはしないが、ダメなホテルだなとは思うし、次は別のホテルを選ぶな』

『き、厳しい……』

『スイートルームの料金は、部屋にだけ払っているものではないから当然だ。たとえばルームサービスになかった串揚げを頼んでも、すんなりと受け入れられると思うぞ』

『そうなの？　メニューにないのに？』

『作るか、買ってくるかは分からないが、断られることはまずない。そのために、スイートルームには専用のアテンダントがついている』

『へぇー……だから、スイートルームって高いんだ。部屋が広いのは確かだけど、いくらなんでも高すぎじゃないかなって思ってたんだよね。専任の人がいて、いろいろ動いてくれるからなのかー』

道理で高いわけだと納得し、広い浴室を見回す。洗面台が二つもある浴室なんて、悠真は初めて見た。

窓もとても大きくて、目の前に同じ高さのビルがないため、大阪の景色が見下ろせる。

『街並みだけ見てると、やっぱり東京とあまり変わらないね』

『そんなに遠くないのに、京都とはまったく違うな。京都には高い建物も、派手な看板もなかった』

『ああ、京都独自の条例があるらしいんだよね。ニュースで見た。老舗（しにせ）のお店が、何十年？何百年？　とにかく長いこと掲げてた看板を変えるなんてーって嘆いてたよ』

『厳しくしないと、情緒ある風景があっという間に破壊されるからな』

『あの街並みが、大切な観光資源だもんね。あんなに人がいなかったら、もっと楽しめるんだけどなぁ。人の少ない竹林の道が、一番よかった』

『私もだ。暑さと人の多さにまいっていただけに、余計に印象的だった。それに、ユーマに好きと言ってもらえた記念の地にもなったことだし』

『あうぅ……そ、そうだけどね……』

悠真の頭にも、そのことがあった。

会った瞬間に好きだと言われ、プロポーズまでしてきたライアンに、同じ言葉を返せた日。最後までいかなかったとはいえ、キスをし、裸で互いを貪り合った夜。決して忘れられない、大切な思い出だ。

そして、昨日は——運命の番と思われる相手よりも、悠真を選んでくれた。オメガのヒートによるフェロモンに中てられ、本能のまま——だが、それ以上に強い感情で求め合い、抱き合った。

悠真の体への負担を考えて行為自体は一度だけだったが、優しく抱きしめられ、包まれるようにして眠った幸福感と充足感はとても大きかった。

このホテルもまた思い出の場所になったので、もう少しいたいという気持ちがもったいないと思う気持ちに勝ったのかもしれない。

いい匂いのする泡でいっぱいの湯に浸かり、ホカホカになってクーラーの効いたリビングに行く。

ホテルの寝間着は悠真にもピッタリのサイズで、思わず首を傾げてしまった。

『荷物を預けた際に、連絡が行ったんだろう』

『なるほどー。こまやかっ。すごいね』

客に不自由をさせない、満足させるというのが、よく分かる。来訪時に同行者の体格などもチェックしたことで、サイズが違うから交換してくれという不満の種を一つ潰したわけだ。

いちいち感心する悠真に、今度はライアンが首を傾げる。

『ユーマは、スイートに泊まるのは初めてなんだよな？　マサムネたちと旅行に出かけるときはどうしているんだ？』

『子連れだから、ファミリータイプの部屋だよ。兄さんはちょっと繊細だから、そっちのほうが気楽なんじゃないかな。それに世話好きで、自分が動きたいタイプっていうのを将宗さんが分かっているのかも』

『子連れなら、余計にスイートのほうが楽だろう。ベビーシッターも用意してくれるぞ』

『あー……そこは、国民性の違い？　兄さんならベビーシッターに預けないで、子連れでも大丈夫な場所に行きたがると思う。二人で出かけたいなら、ボクに任せるよ。ボク、子守り好きだし、そういうときは豪華なお土産つきだって分かってるし。グアムの、分厚いステーキサンド、めちゃくちゃ美味しかったなー』

『……なるほど。日本人は、あまりベビーシッターを使わないのか』

『知らない人に子供を預けるのはちょっとね。幸いうちは、手が多いほうだから』

悠真に将宗の母、仕事が休みのときなら両親も大丈夫だ。それに家政婦の上野も、子育てを終えたベテランママである。これだけいれば、誰かしらが面倒を見られる。

月に一、二度は二人でデートに行けるようにと送り出しているので、慣れているというのもあった。

ライアンはそんなものかと首を捻りながら、タブレットを渡してくる。体はずいぶんと楽になったとはいえ、さすがに朝食のためにレストランまで歩き、きちんと座っていられる自信がないからルームサービスだ。

朝食のセットはパンケーキもチョイスできるので、大喜びで打ち込んだ。

『パンケーキにオムレツ！　ジュースはどれにしよう……定番のオレンジにしようかな。よし、OK』

『ユーマは、回復力が高いな。ずいぶん元気そうじゃないか』

『お風呂が効いたかなぁ。力を入れても、あんまり痛くなってきた』

『ふむ……それなら、ランチには串揚げの店に行けるかもしれないな』

『うーん……行きたいけど、自信ないかも。外だと、腰が痛いってへたるわけにはいかないし。行って帰って、二時間くらい？　無理……』

『タクシーまで抱いていって、個室のある店で――……』

『なんのためにホテルをキャンセルしたと思ってるの――!?　お姫様抱っこで運ばれるのが恥ずかしいからだよっ』

『……そういえば、そうだったか』

『わ、忘れないで！　すごく重要なことだからっ。うっかり疲れたとか言うと、お姫様抱っこされそうで怖い……』

『気にしなければいいと思うんだが』

『いやいや、気にしないのは無理！　そこ、大事っ。人前でのお姫様抱っこは、本当に本当に、ものすごーく緊急事態のときだけにして』

『分かった。覚えておく』

『よろしく。本当に、大事だからね！』

『分かった、分かった』

『うう……国民性の違いと、お姫様抱っこを容易にさせる体格差が問題だなぁ』

それにアルファのライアンは注目されるのに慣れすぎていて、ナンパや盗撮目的でもないかぎり人の目を気にしないところがある。悠真の激しい羞恥はあまり理解してもらえそうになかった。

ライアンの気持ちを受け入れる覚悟をし、恋人としてともに歩もうと決めた悠真には、そのあたりのすり合わせもがんばる必要がありそうだった。

少しばかり気力が削がれ、ついでに朝食が来るまで休んでいようとダラリとする。途端に、ライアンが心配そうな様子になった。

『体がつらいのなら、ベッドで食べられるようにするか？』

『ああ、大丈夫。朝ご飯まで、だらけてようと思っただけだから』

『それならいいが……』

ライアンはホッとした表情で悠真の隣に座り、頭を撫でてくれる。そしてテレビを点けると、英語のニュース番組にした。

『……有料チャンネルが入ってるんだ……さすがスイートルーム』

ＢＢＣはイギリスだったかなと思いながら聴くが、知らない単語がいくつも出てくる。テロと政治関連はところどころ理解できなかった。

それに言い回しが難しい部分もあって、ライアンが悠真に分かりやすいような言葉を使ってくれているのだと分かる。

(優しいよねー)

ほっこりした気持ちでいると、部屋のチャイムが鳴った。

『朝食が来たな』

ライアンが玄関のほうへと向かい、悠真もソロリソロリと気をつけながら体を起こす。

「……うん。やっぱり、そんなに痛くない。ライアンのマッサージとお風呂のおかげかな」

高杉と制服姿の従業員がおはようございますとワゴンを押して入ってきて、ライアンの指示でダイニングテーブルに料理が並べられていく。

高杉たちが出ていくのを待って悠真は慎重に立ち上がり、ゆっくりと歩き始めると、ライアンが駆け寄ってくる。

『ユーマ……大丈夫か？』

ハラハラした様子で、よちよち歩きの子供にするようにいつでも助けられるよう手を差し出して後ろをついてきた。

『わりと平気。よかった……』

席に座るときはライアンが手を貸してくれたから、痛い思いをせずになんとかなった。

悠真はホッとしてオレンジジュースを飲み、むむっと唸る。

『美味しい。果肉も入ってるし、搾りたて？　これは、パンケーキも期待できそう』

ワクワクしながらバターを載せて溶かし、シロップをトロトロとかける。

『いただきまーす。……うまっ！　しっとり、ふわふわ。バターとメープルシロップもお高い味がする～』

『トーストも、サクッともっちりで旨い。ジャムもなかなかだ』

二人にそれぞれジャムが小瓶で五種類も用意されているので、悠真もブルーベリーを選んでパンケーキに乗せる。

『うわぁ、形が残ってる。甘さ控えめだけど、果肉感があって美味しい』

オムレツやベーコンにもフォークを伸ばし、うっとりと感嘆する。

『このオムレツは芸術品だね。美しさはもちろん、絶妙なトロッと具合。分厚いベーコンもジューシー。ライアンはカリカリ派なんだね』

『ああ、好きなんだ。自分で作るのは面倒くさいから、外ではカリカリを頼むことにしている』

『ああ、気をつけて見てないと焦がしちゃうもんね』

美味しい美味しいと言いながら綺麗に完食して、悠真はクタッとテーブルに突っ伏す。

『やっぱり、長時間座っているのはきついかも……』

ライアンが慌てて椅子から立ち上がり、悠真を優しく抱き上げてソファーへと連れていってくれた。

『痛むのか？』

『そうじゃなくて、こう……体を支えてるのが大変な感じ。横になると楽〜』

『やはり今日は、ホテルでのんびりだな。このホテルのルームサービスは充実しているし、他に食べたいものがあるなら言えばいい』

『そういっても、お好み焼きやたこ焼きも、うどんもあるしね。大阪で食べておきたいのは、あと串揚げだけだよ』

『そういえば、ホテル内に串揚げの店もあったな』

『……あったね、そういえば。お高そうな店が』

悠真が行こうと思っていたのはいかにも庶民的な店だったので、レストランフロアで串揚げの店を見ても「ふーん」としか思わなかった。

『ホテルの中なら行けるかな？　ちょっと歩くだけですむし』

『ホテルなら、個室があるかもしれないぞ。それならずいぶん楽なんじゃないか?』

『個室……ボクの串揚げのイメージと全然違うけど、それなら安心かも……』

個室なら、グテッとすることもできる。

ライアンが優しくしてくれたから思ったよりダメージが少なく、その分、串揚げに対する欲求が大きくなっていた。

『悠真の回復具合からして、明日のランチなら大丈夫だろう。予約——ついでに、昨日のオメガのことも聞いておくか』

そう呟いたライアンが受話器を取り、高杉と話す。

串揚げ店の個室があるかの確認と予約、リネン類の交換、入浴剤の補充を注文している。それから、昨日のヒート騒ぎについて聞きたいので部屋に来てくれと言っていた。

短く、簡単なやり取りで通話を切るライアンを見て、人が来るのか……と悠真はがんばって上体を起こす。

『無理せず、横になっているといい』

『人が来るのに、それはちょっと……』

『ホテルの従業員だぞ?』

傅(かしず)かれ、世話をされるのに慣れているライアンにとって従業員の目はないも同然らしい。

けれど悠真はどう思われるのか気になるので、だらしなく横になっている姿を見られるのはいやだった。

がんばって座ってテレビを観ていると、再びチャイムが鳴って高杉とルームキーパーが三人もやってくる。てきぱきとした動作で、寝室や浴室を掃除し始めた。

『昨日のヒート騒ぎについてお知りになりたいとのことでしたが……』

穏やかな笑みを浮かべた高杉の顔に、少しだけ困った様子が見受けられる。オメガのヒートがホテルで起きたのは、あまり知られたくないことらしい。

『通報したのは、私たちだ。知る権利がある。詳しく教えてくれ』

『そうだったのですか？　その報告は、ありませんでした。滅多にない緊急事態でしたので、現場も大変だったようでして。それにあの件はなにぶん、デリケートな問題ですから……』

やはり答えたくないのが見て取れる。どうにかしてごまかせないかと苦心しているのが感じられた。

しかしライアンはそれを許さず、軽い威圧を込めて高杉を見つめる。

『私たちは当事者であり、ヒートのフェロモンを嗅がされた被害者でもある。詳しく聞く権利があると思わないか？』

『あ……』

高杉は完全に気圧（けお）され、呑み込まれていた。

『あの子は、売春をしていたんじゃないか？　日本はオメガが売春をしなければいけないような国なのか？　ここが、その手のホテルだとは思わなかった』

その言葉に、高杉がギョッとする。ホテルをそういう目的で利用するのを防ぐのは難しいが、ホテル側が黙認していると思われるわけにはいかないのだろう。

『あの方は確かにそういったことをなさっていたようですし、それに当ホテルが利用されたのを大変遺憾に思っております。しかし、当ホテルがそういった行為に加担したことはいっさいございません』

『そうか、安心したよ。これからもこのホテルを利用したいと思っているからね』

『ありがとうございます』

『それで？　どういうことだったんだ？』

『あの方は生活に困窮していたわけではなく、遊ぶためのお小遣い稼ぎといった感じだそうです。オメガの方は人気がありますから』

引く手あまたで、こんなホテルを使えるような上客揃いだったらしい。ヒート騒ぎも起こしたことだし、出禁にしたと言った。

さすがに彼の名前は教えてもらえなかったが、ヒートの熱に浮かされつつも「運命の番なのに！」と大泣きして大変だったとのことだ。

『そうか……分かっているとは思うが、私たちの個人情報は守ってくれ』

『はい。心得ております』

『ありがとう。それでは、昨日注文したのとは違うケーキを二種類持ってきてくれるかな。それと、紅茶を』

『かしこまりました』

あっという間に仕事を終えたルームキーパーとともに高杉が出ていき、悠真はクタッと寝転がる。

『あの人、本当に売春してたんだ……ライアン、よく分かったね』

『フェロモンのせいで、本能全開だったからな。五感が研ぎ澄まされ、嗅覚も異常に利いた。臭いと思いつつも匂いの元に飛びかかりそうだったから、本当にユーマがいてくれてよかった』

『ボクも必死だったよ。ライアンが運命の番に出会って、惹かれているのが分かるんだもん。泣きそうだった……』

ライアンは悠真の存在を忘れて彼に目が釘付けで、こっちを見て、行かないで……という絶る気持ちだ。

幸いにしてライアンは我に返ってくれたし、きっぱりと彼を振りきってくれた。

それからフェロモンで高ぶった体を互いの手で宥め、甘く、激しい愛の行為——その名残が体のあちこちに残っているし、腰の痛みさえ愛おしい。

『……でも、彼のおかげで安心できたかも。ボクはベータだから、いつかオメガのほうがよくなるかもしれない。ライアンに運命の番が現れたらどうしようって不安だったから。本当に現れて、それなのにライアンがボクを選んでくれてすごく嬉しいし、もう心配しなくていいんだってホッとした』

『番になれない以上、当然の不安だと思う。それを打ち消すのは、私の役割だな』

微笑みながら頭を撫でる手つきは、とても優しい。

ときおりエスッ気のある苛めっ子の顔を覗かせるが、ライアンは基本的には甘くて優しいのだった。

『真摯に、根気強く、ユーマへの愛を示そう』

その言葉とともに額や頬にキスの雨が降る。

気持ちいいなぁとうっとりしていると、ライアンの発言が何やら危険なほうに向かっていった。

『日本人は慎重で奥手だというから、愛情表現もなるべく分かりやすいほうがいいな』

『……ん？』

『派手に、ドーンと百本のバラ？　それとも、毎日一本ずつ？　ユーマのイメージだと、バラよりヒマワリやガーベラがいいか……』

『……んん？』

『一時間に一度は愛の言葉とキスを贈り……ああ、指輪だ。ペアリングを買わないと。ユーマはゴールドとプラチナ、どっちがいい？　互いの誕生石を入れるのはどうだろう？　どういうデザインにするかな』

このまま黙って聞いていると、とんでもないことになりそうな気がする。

悠真は慌てて止めに入った。

『ちょ……ちょっと待って！　なんか、怖い。ライアンが張りきると、日本人的にはダッシュで逃げ出したくなるレベルになる気がする。毎日、花とかいらないよ。一時間ごとにっていうのも、やりすぎ。ほどほど。何事も、ほどほどが一番っ』

『しかし、それではユーマに安心を与えられないじゃないか。不安など抱かせないよう、ドーンと愛を注がないと』

『いや……なんか、大丈夫な気がする。嬉しいけど、ちょっと怖い……怖いけど、嬉しい……すごーく複雑な気持ち』

『遠慮するな。日本人は本当に奥床しいな』

『ち、違う……』

本当に嚙み合っていないのか、それともライアンがわざとやっているのかが分からない。

どっちもいやだなぁと脱力すると、チャイムが鳴った。

『ケーキかな？』

『そういえばライアン、頼んでたね』

やったーと、いとも簡単に気持ちが浮上する。

『果物、足してね！　昨日のメロンとブドウと――……』

『分かった、分かった』

ライアンは笑いながら玄関に行き、ワゴンを押して戻ってくる。

『サービスで、カットフルーツがついてきた。それに、フルーツの追加も』

昨日とは違う果物が、ガラスの鉢に盛られている。今日はずっとホテルにいると決まっているだけに、悠真はわーいと大喜びした。

綺麗な皿にケーキと果物が盛りつけられ、ベリーのソースとカスタードクリームで飾られている。

ライアンはナイフでケーキを二つに切って、交換してくれた。

『美味しそう。いただきます』

『……ん？　このウォーターメロンは、やけに甘いな』

『皮付きスイカ……って、皮が黒い。これ、ブランドスイカだ。初めて食べる』

瑞々（みずみず）しく甘いそれは感動もので、高いだけはあるなぁと思わせる。今度スーパーで見かけたら、素通りするのが難しくなりそうだ。

『ああ……舌が贅沢を覚えていくぅ……』

そもそも将宗に合わせて、食材や調味料を以前より高いものにしている。

お中元やお歳暮の時期には将宗とその母が高級食材をたくさん持ってきてくれるのは嬉しいが、生きた伊勢エビやカニを調理するときは泣きたくなった。それでもってそのあとシンプルに電気プレートで焼いたレア状のものを食べ、その美味しさに違う意味で泣きそうだった。

桐の箱に入ったメロンやブランドスイカなんていうものの味も知ってしまっているし、後戻りできないかもしれないのが怖い。

『いや、でも、普通のスイカもちゃんと甘くて美味しいしね。ここは、高級ホテル……非日常空間』

そう自分に言い聞かせて、とりあえず目の前のデザートを堪能するのに集中した。

『ああ〜美味しかった。満足、満足』

パタリと横になると、紅茶のポットとカップをそのままに、ライアンがワゴンを部屋の外に出しに行く。

戻ってきたら、ヒョイと抱き上げられて洗面所へと連れていかれた。そしてそこで歯磨きをすませ、スッキリしたところで心置きなくゴロゴロすることにする。

『面白い映画、ないかなー』

番組表でチェックして、興味を引かれるものをいくつか見つける。

『えーっと……十分後と、三時、七時……』

ライアンに開始時間とタイトルをメモしてもらって、チャンネルを合わせる。すると今月のおすすめを流していたので、それをぼんやりと眺めた。

隣に座ったライアンが、優雅に紅茶を楽しんでいる。脚を組んで紅茶を飲んでいるだけなのに、素晴らしく絵になる姿だった。

『ホテルの紅茶、美味しい？』

『ああ。オリジナルのフレーバーを選んでみたが、私の好みに合っている。アールグレイにオレンジと花の香りがする。確かこれも下の店にあったから、買うとするか』

そう言ってメモに、パンケーキと紅茶と書いていく。

『この寝間着も記念に。青と白、両方だな』

寝間着も追加し、よしと満足そうに頷いている。

それから映画を観て軽めの昼食を摂り、ライアンがパソコンをチェックしている横でニュースを観ながらゴロゴロしていると、もう体はすっかり楽になっている。

若さの勝利かな～なんて話していたら、悠希から電話がかかってきた。

『あ！　ずっとだらけてて、メールするの忘れてた』

いつもはわりと早めの時間に「○○に行ったよー」とメールしているので、心配しているかもしれない。

悠真は慌てて通話ボタンを押した。

『悠真――っ‼　どういうこと？　悠真が歩けるようになるまで、一日帰るのを延ばすって……病気や怪我じゃなくて、ライアンが、か、可愛がった……からだって……』

「あぅ……」

珍しく、悠希が興奮している。しかもその内容は、悠真にとって話しにくいものだった。

『ほだされちゃった？　流されちゃった？　すごく好き？　どれ⁉』

（こ、こういう話は、東京に帰ってから、兄さんと二人きりでしたかった……）

想い人が隣で聞いているところで話すようなことじゃないと思う。日本語が通じないと分かっていても、とても恥ずかしい。

けれど兄は悠真をひどく心配しているので、安心させる必要があった。

「ええっと……ほだされても、流されてもないから。ちゃんと好き……だからだよ。だってね、ライアンは運命の番と思われる人じゃなくて、ボクを選んでくれたんだ」

『ええっ？　それ、どういうこと？』

そこで悠真は昨日の出来事を話した。

ライアンが運命の番と思われる人に出会ったこと、ヒートのフェロモンで強烈に惹かれているにもかかわらず悠真を選んでくれたこと。

「そんな人、他にいる？　ボクのこれから先の人生で、ライアンほどボクを好きになってくれる人がいるとは思えない。それが最後の一押しっていうか……覚悟が決まったっていうか……」

『それは……そうだよね……好きな人にそんなふうにしてもらったら、覚悟決まるよね』

「うん。山ほど障害があるのは分かってるけど、その大変さより、ライアンと一緒にいたい」

『うん、分かる。そっかぁ……それじゃあ、仕方ないね。流されたんじゃないならいいんだ。ボクは、悠真を応援するって決めてるんだから』

「ありがとう、兄さん」

兄が認めてくれたのが嬉しい。

ホッとして通話を切ると、ライアンがニコニコしながら自分のスマホを見ていた。

『何か面白いことあった？』

『マサムネが、今のユーキとの会話を通訳してくれていた』

そう言ってスマホを見せられると、兄との会話が並んでいるのを確認して、「うぎゃっ」と悲鳴をあげる。

『は、恥ずかしい！　将宗さんってば、余計なことを〜。日本語が分からないと思って、安心してたのにっ』

『だからこその、本音だろう？　すごく嬉しかった。これは保存しておかないとな』

『消して、消して〜っ』

『ダメだ。もったいない』

『やだ！　恥ずかしいじゃないかっ。消して〜』

ライアンが高く掲げたスマホを取ろうと伸しかかり、必死で手を伸ばす。気がつけばすぐ間近にライアンの顔があって、優しい目で見つめられていた。

『ちゃんと私が好きで、大変でも一緒にいたいと思ってくれているんだな』

『う……うん。ボクはベータだし、日本に住み続けたいと思っているからライアンに迷惑かけちゃうけど……それでも一緒にいたい』

『ああ、大丈夫だ。前にも言ったとおり、そんなのはどうにでもなる。マサムネの協力も得られるし、ユーマが住んでいる部屋を使っていいそうだ』

『いつの間にそんな話を……』

『根回しは大切だろう？　マサムネとしても、ユーマがいたほうがユーキが安定するから、今のまま住んでもらったほうがありがたいらしいぞ』

『ああ、将宗さんはそうかも。兄さんは繊細だから、離れて暮らしたらボクを心配して胃を傷めそう……隣なら目が届くし、今までと大して変わりない生活なら安心できると思う』

『お互いに都合がいいから、あの部屋を買い取ろうと思っている。マサムネの所有だと思うと、どうにも落ち着かなくてな』

『えっ⁉　あの部屋、すっごく高いと思うよ。場所的にも、広さ的にも』

『ニューヨークの部屋を手放せば、お釣りが出る。ニューヨークの物件は、日本よりずっと高いはずだ』

『手放していいの？』

『投資目的でもあったことだし、充分値上がりした。問題ない』

『それならいいけど……』

『東京に戻ったら、秘書や関係各所に連絡を入れることにする。そうなればうるさいだろうから、今はのんびり過ごしたいな』

『うん』

秘書も関係各所も、ライアンがベータの恋人のために日本に住むなどそう簡単に了承するはずがない。責任ある立場の人が国を移るのは大変だろうし、それがベータで、しかも男の恋人のためとなれば猛反対の大合唱に違いない。

本当に大ごとであり、申し訳なく思うものの、ライアンと別れるという選択肢はなかった。

『ごめんね、ライアン。ボク、何もできなくて……』

『いや、すべて自分のためだ。私がユーマといたくて、そのために日本に住むと決めた。それによって湧き起こる大量の面倒事より、ユーマとともにいることのほうが大切だからな』

『ありがとう……』

見つめ合うと自然に顔が近づき、唇が重なる。

優しく甘い、啄むようなキスから、舌を絡ませる大人のキスへ――。知ってしまった気持ちよさには抗えず、悠真は夢中でキスを貪った。

初めての行為はフェロモンの影響下でとても大変だったが、心も体も満たされ、なんともいえない充足感があった。

恋人として愛を交わしたことで、肌の触れ合いが密になったように思える。

ただ一緒にいるだけでもどこかしら触れ、くっつき、ライアンに凭れかかる。恋人ならではの親密さで、そこに遠慮はなかった。

けれど濃厚なキスをされながら布越しに胸の突起をいじられ、尻を揉まれるとなるとちょっと困る。

いやなわけではないのだが、このまま盛り上がってしまったらどうしようと思った。

旅先だし、フェロモンの助けはないし、明後日には東京に帰る予定だ。ようやく腰の痛みが楽になったのに、またダメージを受けたら滞在が延びてしまうかもしれない。

いろいろ考えた結果、ここで二回目に突入するのはまずいと判断する。

それなのに、キスと体への愛撫が気持ちよくて、なかなか止められない。

もう少しだけ——なんて思っているうちに、寝間着のボタンを外したライアンの手が、直接肌をまさぐり始めた。

『うーん……』

むむむと眉根を寄せてどうしようか悩む悠真に、ライアンがクスクスと笑いながら耳朶を甘噛みする。

『東京に戻るのは明後日なんだから、ユーマの回復力なら大丈夫だろう。さらに延泊してもいいし』

『それは、さすがに……』

ズルズルと延泊するには、スイートルームはもったいなさすぎる。それに、またもや帰宅が延びるとなれば、兄の心配の度合が強まりそうだった。

『やっぱり、明後日には帰らないと……』

『それなら、恋人の戯れを少しだけ楽しむことにしよう。加減すれば大丈夫だ』

『そう、かな……』

悠真だって、続けたい気持ちは強い。ライアンの想いを感じられるし、互いに愛情を確かめ合える行為なのだ。

ライアンが加減をしてくれるならいいかと、悠真はあっさり誘惑に乗ってしまう。

「んっ……」

キスが再開され、ライアンの手が大胆に動き始める。

下着の中に手を突っ込まれるとビクリと体が震えるが、最も敏感な部分への愛撫を拒むことはない。

けれど、窮屈な下着の中では満足いくまでいじってもらえなくて、もっとというように腰が揺れてしまった。

『物足りないか？』

「う……」

からかいを込めた問いかけに、そんなことないと否定できないのがつらい。するならもっとちゃんとしてほしいという欲求が生まれていた。

『もう少ししていいか？』

『いいから！　ベッド、行こう。ここじゃ、やだ』

同じ高さのビルが近くにないとはいえ、大きな窓が気になる。誰かに見られるんじゃないかと落ち着かなかった。

『了解ももらえたことだし、寝室に移動しようか』

上機嫌のライアンに抱き上げられて寝室に行き、ベッドに下ろされる。

手早く裸に剥かれると、口と手で愛撫をされた。それだけではなく、濡れた指が秘められた蕾に触れてくる。

『あっ！　あ……手加減……』

『それなりにする』

『……それなり……？』

話が違わないかと思いながらも、胸に吸いつかれ、ライアンの手で陰茎を弄ばれると考えるのが難しくなる。

『明後日……明後日、帰るから……』

これだけは言っておかなければと根性で絞り出すのだが、ライアンに軽い口調で流されてしまう。

『はいはい、分かった分かった。それなりにな』

いや、だから、それなりって何？　……という悠真の疑問は、ライアンに陰茎をパクリと咥えられることで言葉にならなくなる。

「ああっ！」

ずるい手を使われている気がするが、強烈な快感に抵抗なんてできない。

頭が白く霞んで思考が難しく、快感の渦に引きずり込まれていった――。

ライアンの言う「それなり」は、悠真に言わせると「しっかり」とか「ガッツリ」だ。

フェロモンの煽りがない分、最初のときより穏やかな交わりだったとは思うが、挿入ありのちゃんとした行為だった。

そしてそのツケは悠真が払わされることになるので、少しくらい文句を言ってもバチは当たらないと思う。

せっかく楽になった体は再び軋み、腰は激しい痛みを訴えていた。

『うーん、つらい……ライアンのバカ～』

せっせとマッサージをするライアンは、実に楽しそうだ。

『私としては、それなりに抑えたんだが……まぁ、まだ一日休めることだし。なんなら、もう一泊増やしてもいいじゃないか』

『いーやー。明後日、帰るっ』

『それじゃ、今日は風呂とマッサージでダメージの回復だな』

『うーっ』

『明日のランチは串揚げを予約したことだし』

『が、がんばる！』

このホテルのルームサービスはメニューが豊富で美味しいが、揚げたての串揚げを楽しみにしていたのである。

同じホテル内ならなんとかなるはずだと、気合を入れて回復に努めることにした。

とはいえ、がんばるのはライアンだ。動けない悠真の体をマッサージし、入浴と食事の世話をしてもらわなければならない。

昨日からの回復の仕方を考えると大丈夫かな……と楽観視していたのだが、ようやくよくなったところに追加でダメージを受けたのは、あまりよくなかったかもしれない。明らかに昨日より痛みが長引いていた。

翌日になっても、痛みがしっかり残っている。

朝、起きるなり「痛い」と呻いた悠真にライアンが心配して串揚げをキャンセルしようとしたが、絶対にいやだと言い張った。

根性で串揚げのランチには行ったものの、店の前までお姫様抱っこという情けなさだ。

個室にはがんばって歩いて、椅子に座るなりへタッとテーブルに突っ伏す。

それでもちゃんとメニューを確認してあれがいいこれがいいとライアンに注文してもらい、満腹になるまで食べて部屋に戻った。

これでもう悠真の気力は尽きてしまったので、夕食はさすがにルームサービスとなる。

明日は何がなんでも帰りたいので、きちんと体を休める必要があった。

元凶であるライアンはテレビだ入浴だマッサージだと、せっせと世話を焼いてくれる。

せっかくの旅行なのに部屋に閉じこもりっきりはもったいなかったが、ここはスイートルームだし、これはこれで贅沢で悪くない過ごし方だった。

★★★

のんびりとした時間を過ごし、東京に戻る日がやってくる。

二回目の行為でのダメージが意外と重かったので焦ってしまったが、回復に努めたことでなんとか動いても問題ないまでになった。

駅までの移動はタクシーだし、荷物はあらかた宅配便で送ってしまったので身軽だ。

土産売り場であれこれ楽しく買い物をした荷物は、ライアンが持ってくれる。

グリーン車のゆったりとした座席を倒して、そうつらい思いをせずに東京に到着することができた。

駅からタクシーでマンションに戻ると、悠希がホッとした顔で出迎えてくれる。

「元気そうだね」

「あー……うん、大丈夫。いろいろ回って楽しかったよ。お土産、たくさん買ってきたから」

大阪はほとんど見られなかったので、新幹線の土産売り場で肉まんや冷凍のたこ焼きなどを買い込んだ。

ライアンから差し出されたそれを悠希は嬉しそうに受け取り、いそいそと冷蔵庫にしまう。

「肉まんは明日の朝ご飯にして、今日はお好み焼きにしない？　一人一枚買ってきたんだけど、チンするの大変かなぁ」

「そうしたら、一人半分にして、他のおかずも作ろうか」

「うん。将希と夏希は？」

「二人とも、お昼寝中。そろそろオヤツをあげたいから、将希を起こしてきてくれる？」

「うん！」

久しぶりだ～と子供部屋に突進して、タオルケットを豪快に蹴飛ばしている将希に笑ってしまう。夏希はまだ眠っているが、手足が微妙に動いていた。

「将希～起きて。オヤツの時間だよ」

「……う？」

少し目を開けたもののまだ眠りの中にいるらしい将希に、悠真は声をかける。

「悠真だよ～。ただいま」

「んむぅ……あ、ゆーまちゃ！」

「ただいま～」

両手を伸ばす将希をギュッと抱きしめて、いつものように抱えようとするが、腰がズキッといやな痛みを訴える。

「おおう。抱っこは危険。力を入れるのはダメだ……」

悠真は腰をトントンと叩きつつ、将希が起き上がるのに手を貸してリビングへと戻る。

「あ、起きてきたね。オヤツはプリンだよ」

「ぷりん！」

将希はトテトテと急ぎ足で悠希のところに行き、椅子に座らせてもらった。先に席についているライアンは、猛烈な勢いでノートパソコンのキーボードを打っている。

「タイピング、速っ」

「すごいよね。さっきからずっとこの勢いだよ」

「あ、兄さん。将希はボクが見てるよ。夏希がウニウニしてたから、そろそろ起きるかも」

「ちょうど、ミルクの頃合かな。泣きだす前に作っちゃおう」

成長の早い将希はスプーンをうまく使えるようになってきたので、軽く補助するだけでいい。自分もプリンを食べながら、「美味しいねー」とニコニコした。ライアンの手が止まり、紅茶を飲んでいるタイミングで聞いてみる。

『仕事？』

『ああ。秘書と父に、事の顚末(てんまつ)と、日本に住む旨を書いて送った。あと、秘書にはそのための手続きと会社の整理のための資料作りなど、諸々』

『秘書さん、大変……』

『電話がかかってきているが、無視だ。メールにしろと言ったのに、まったく』

そう言いながらもまた猛烈な勢いでキーボードを叩き、それからプリンを食べて『お、旨い』などと言っている。

『移住かぁ……ライアンは日本の食べ物、大丈夫そうだね』

『そうだな。今のところ、何を食べても旨い。それにイギリスのパブもあるから、イギリス料理が恋しくなったらフィッシュ&チップスを食べに行ける』

『ライアンの故郷の味はフィッシュ&チップス？』

『ビールや調味料の類いは取り寄せができるからな。他の国に長期で滞在するときにモルトビネガーを持っていって使うと、そんなに恋しくなったりはしない』

『それならいいんだけど。毎日のことだから、ご飯が合わないのはつらいもんね。朝食と夕食は兄さんと一緒に作ってここで食べるんだけど、大丈夫？　食べたいものをリクエストしてくれれば、その日は無理でも次の日とかに作るから』

　プリンを食べながらそんな話をしている間も、ライアンのスマホは振動を続けている。

『うるさい』

　そう言って電源を落とし、パソコンのほうに次々に入ってくるメールを面倒くさそうに読む。

『ニールめ、パニック状態だな。情けない。突発事項は起きるものだから、冷静に対処するよういつも言っているのに』

『秘書の人が想定している突発事項と、全然違うと思うな。ボクだって、通ってる高校がいきなり「我が校はイギリスに引っ越しします」ってなったら大パニックだよ。海外に住むか転校の二択なんて、ひどすぎる……』

『高校と違って会社は、倒産することもありえる。それほどひどくない』

『あ、そうか』

『誰がなんと言おうと、私は自分のしたいことをするだけだ』

この日は月曜日なので、将宗は会社に行っている。

いつもどおりの時間に帰宅してきたのでみんなで夕食を摂り、将希が眠りについてから今回のことについての話し合い開始だ。電話では大まかにしか話していないので、詳しい経緯を聞かれてしまった。

『最初は普通に観光してたんだよ、もちろん』

『日本の暑さと人の多さに負けそうだったが、楽しかったぞ』

『ライアンは、いつでもどこでも注目されまくり、ナンパされまくり。回避能力がすごいから、被害は少なかったけどね。なんか、こう……声をかけられそうな気配を感じると方向を変えたり』

『面倒くさいからな』

分かる分かると、将宗が頷いている。ライアンより将宗のほうが声をかけにくい雰囲気なのだが、それでも大変らしい。

『セクシーなフロリダ美女たちとか、可愛い感じのオメガ美女にナンパされても、はっきりきっぱりお断りしてたんだよ。それはもう、一切迷うことなく』

『好きな相手がいるのに、迷うわけがない』

『当然だな』

将宗は先ほどよりも力強く、うんうんと頷いている。

『ライアンに声をかけるくらいだから、本当にすごい美人揃いなんだよ？　それなのに全然なびく様子がなくて、冷たい対応で……でも、自分には甘くて優しいってグラグラしない？』

こちらは、悠希に向けての問いかけだ。

おそらく同じような経験をしている兄は、ちょっと恥ずかしそうに頬を染めてコクリと頷いた。

『だから、その――……そんなふうにしてもらってたら、好きになっていくよね？　ライアンってばとんでもなく格好いいし、リアル王子様みたいだし。美人は三日で飽きるっていうけど、全然飽きなかったよ。すごい綺麗なんだもん』

『惚気（のろけ）か？』

からかう口調でそんなことを言う将宗に、悠真はムッと口を尖（とが）らせる。

『ただの事実。将宗さんだって、兄さんのことが綺麗で、三日どころかずーっと見てても飽きないって思うでしょう？』

『当然だ』

『……そういうわけで、すぐに好きにはなっちゃったんだけど、アルファでイギリス人で伯爵家のライアンはハードルが高くて、簡単に好きって言える相手じゃないから……』

『とても面倒くさい相手だものな』

やはり将宗が口を挟んできて、悠真はむーっと唸る。

『将宗さんがそれを言う？　兄さんだって結構面倒な相手だったのに、猪突猛進で突き進んだくせに！』

『面倒なんかではなく、とても楽しい日々だったぞ。戸惑い、困惑し、それでもおずおずと頷いてくれる悠希の可愛らしさといったら――……』

『あー、はいはい。惚気はもう聞き飽きてるから。それで……えーっと、なんだっけ？　ああ、そうそう。京都三日目の竹林の道で、気持ちが盛り上がっちゃってね。告白したんだ』

『素晴らしい思い出だ。顔を赤くして好きだと言うユーマはとても――……』

『やーめーてー。兄さんの前で、そんなこと言わないで！』

さすがに、兄に自分がどんなふうだったか描写されるのは恥ずかしい。

放っておくとどこまでも続きそうなのが分かっているだけに必死で止めると、不満そうな顔をされてしまった。

（ちょっと可愛い……けど、ダメだからっ）

『告白したのは、京都なのか？　延泊したのは、確か大阪だよな？　ライアンの運命の番とやらはどこで出てくるんだ？』

『ああ、私も獣ではないからな。まだ旅が続くのに、すぐに食ったりはしない。残念ながら、キス――……』

『ライアン――っ‼』

それ以上はダメだと口を手で塞ぎ、喋らせないようにする。

やはり説明は自分がしなければとがんばった。

『気持ちを確認し合っただけ！　何もなく大阪に移動して、ちょっと観光して、ホテルのトイレは豪華なはずって見に行ったら、ライアンの運命の番と思われる人がいたんだよ』

『ライアンを見て、ヒートに入っちゃったっていう人だね』

『そう。ヒートに入る前のライアンの様子からしても、運命の番っていうのはたぶん間違いないと思う……』

彼のことを思い出すと、どうしたって複雑な気持ちになってしまう。自業自得の部分があるとはいえ、辺りをはばからないあの泣き声は忘れられそうになかった。

『フェロモンの甘ったるい香りは、衝撃的だった……聞いてた以上で、頭がクラクラしたよ。でもそんなことより、ライアンが運命の番と出会って、ボクから離れていっちゃうのかと思うとすごく怖くて……すごく好きなんだって分かった』

悠真の言葉に、眉間に皺を寄せた将宗が首を傾げている。

『運命の番がヒートを起こしたんだろう？　ライアンはフェロモンを嗅いで、よく理性を保てたな』

『ユーマのおかげだ。ユーマと出会っていなければ……隣にいてくれなければ、難しかっただろう』

『しかし……運命の番だぞ？　ただのオメガとは違うはずだが』

『DNAの相性がいいだけの相手だ。それに、あの男はひどく臭かったからな。複数の男たちの匂いがついている相手を抱くなんてごめんだ。どうやら、小遣い稼ぎに売春をしていたらしい。あんなのが私の運命の番とはな』

顔をしかめて吐き捨てるライアンに、将宗の目が吊り上がる。

『肌の相性がいい「運命の番」説は知っているし、ある程度納得もしているが、運命の番はそんな本能だけで語れるものじゃない。私と悠希は違う』

それからつらつらと悠希との愛を熱く力説するため、隣に座っている悠希は恥ずかしそうに顔を赤くして俯いている。

悠真は、幸せそうで何よりだねと、微笑ましく兄を見つめた。

『……まぁ、そういうわけで、ライアンは種の保存説の運命の番より、ボクを選んでくれたんだ』

『運命の番のフェロモンに打ち勝てるなら、本物だろう。悠希、よかったな』

『はい……ホッとしました』

将宗と悠希も、ライアンの本気を信じてくれたらしい。

伯爵家の子息と日本人のベータの男の子が恋仲となれば反対されるのは必至なので、二人が味方してくれるのはありがたい。特に将宗はライアンのはとこという立場であり、とても頼もしかった。

帰国を取りやめたライアンは、将宗の協力を得ながらいろいろな手配に動き回っている。

当初は十日間の滞在予定だったので服が足りなくなり、気分転換も兼ねて一緒に買いに行ったりした。

何を着ても似合うライアンの服選びは楽しく、ついでにお揃いのシャツを買ってもらって大喜びしてしまった。

みんなで朝食を摂って将希や夏希の世話をし、暇な時間はソファーでゴロゴロしながら録画しておいた映画やドラマを観る。

夕食のあとはライアンと部屋に戻り、くっついて過ごすという毎日だ。

そうやって穏やかで充実した時間が過ぎ——イギリスからワッと人が押し寄せてくることになる。

★
★
★

ライアンの秘書に、ライアンの妹。執事や乳母、会社の役員だ。

対応したのは悠真のほうの部屋だが、心配した悠希が子供たちを上野に任せて同席してくれた。

『兄さん、どういうことなの？　ベータの男の子と恋人になったなんて、ウソでしょう？　日本に移り住むなんて、冗談よね⁉』

『どうか、冗談と言ってくださいませ！　ライアン様は引く手あまたではございませんか。なぜよりによってベータの、しかも男の子を⁉　ライアン様は異性愛者でしょうに』

『会社を日本に移すというのは、ありえません！　歴史ある大英帝国時代のものだからこその荘厳さと美しさが、クライアントたちを引きつけているのですぞっ』

『ライアン様ー。日本に移住して本社を移すなんて、大変すぎます。しかもご自分はイギリスに戻らずに手続きをしろなんて、無茶ですよ。やることが多すぎて、私が過労死してしまいますー』

口を挟む間もなく怒涛の勢いで説得と泣き落としの嵐に襲われ、彼らの来訪を見てできたライアンの眉間の皺がどんどん深くなっていく。

当然のことながら悠真は、ライアンをたぶらかした悪魔扱いだ。

『あなたがライアンを落とせたのは、なぜ？　日本の秘術でも用いたの⁉』

『見たところ、まだ子供ではありませんか！　どのようにしてライアン様を誘惑したのです。ライアン様は、子供になど興味はないはずですよ！』

『社長が淫行で捕まったら、我が社は大変なことになりますぞ！　なぜよりによってこんな子供に手を出したのです⁉』

みんなヒステリー状態で、ギャーギャーとものすごい大騒ぎになっている。

憎悪の目で睨みつけられ、ひどい言葉を浴びせられ、隣にライアンがいて手を握ってくれていなければ危害を加えられるのではと怖かったかもしれない。

悠真への非難にライアンの眉間の皺は深くなる一方で、鬼の形相になりつつある。

『……まったく、面倒くさいな。会社も伯爵家も、あとくされなく潰すか……そうすれば静かになるだろう』

『……』

『……』

地の底から聞こえてきたような声に、ピタリとその場が静まり返る。

『よし、そのまま黙っていろ。命令だ。分かったな？』

ライアンはそう念を押すと、スマホを取り出して電話をかける。

どうやら相手は、父親である伯爵らしい。

『ずいぶんとうるさい連中を送り込んでくれましたね。かなりイラッとさせられましたよ。——誰がなんと言おうと、私は考えを変えることはありません。今までの私を見てきて、それは知っているでしょう？　——このような真似は、二度としないでください』

さもないと……と、ライアンは父親を脅しにかかる。

他の人間がいるからか内容を匂わせるようなことはしなかったものの、父親にはそれが本気だと伝わったらしい。

ライアンがスピーカーに切り替えると、彼らにイギリスに戻るよう指示をした。

通話を切ったあと、ライアンは役員に、会社を縮小するときと潰すときにもらえる差額の話をする。それにライアンとしては日本に本社を持ってくるより、いったん潰して新たな会社を立ち上げるほうが楽だとも。

ライアンの設計で成り立っている会社なだけに、ライアン抜きではどうにもならない。役員は震え上がって顔色を青くし、すっかり委縮した。

それから秘書をジロリと睨みつける。

『ニール、必要な書類などは持ってきたんだろうな』

『は、はいっ』

ニールはピッと背筋を伸ばし、涙目のまま書類ケースをライアンに差し出した。

鍵のかかった鞄を開けて、ライアンは中身を確認していく。

『うむ。やはり有能だな。縮小するとはいえイギリスの会社は残すから、支社長になるか？　うるさい役員どもより使える』

『こ、光栄です……』

ニールは嬉しいのと困ったのと半々といった表情だ。

『それまでに、第二秘書を鍛えておくように』

『……はい……』

今度はガクンと肩を落として、嬉しさが絶望に追いやられていくのが分かる。過労死しそうだと訴えていたニールなので、仕事がまた一つ増えたと嘆いているようだった。

ライアンはニールと役員に仕事を言いつけると、その場の一人一人を冷たい目で見据える。

『全員、とっととイギリスに帰って、私に協力しろ。足を引っ張るようなことをすれば、痛い目を見せてやる。特に最初に動いた人間……見せしめとして全力で潰すぞ』

『……』

『……』

目をギラリと光らせての脅迫は、本気だと充分すぎるほど伝わった様子だ。彼らは一様に身を震わせて頷き、シオシオと退去していった。

黙って事の成り行きを見守っていた悠希が、小さく吐息を漏らして苦笑する。

『ボク、いる必要なかったですね。ライアンさんの手腕と覚悟を見られて、ホッとしましたからよかったですけど。悠真のこと、よろしくお願いします』

『お任せください』

そこで悠希は、子供たちが気になるからと自分の部屋に戻っていく。

二人きりになって、ようやく悠真はフーッと大きな溜め息を漏らして緊張を解いた。

『これでもう、大丈夫だろう。怖くなかったか？』

『ちょっと……でも、言われて当然のことばっかりだったし。そりゃそうだよね……って思っただけ』

悠真は悠希のように繊細ではないので、自分とは直接関係ない人たちの言葉でいちいち傷ついたりしない。

憎悪の目は怖かったが気持ちは理解できたし、彼らは悠真本人のことを知ったうえで嫌っているわけではないから仕方がないと思うだけだ。

悠真は、とても綺麗で優しい悠希が、悠真にとっては理解できないコンプレックスに苛まれているのをずっとモヤモヤした気持ちで見ていた。

ベータ因子の強いオメガなんて悠希の魅力の前では些細なことなのに、幸せを諦めているような姿がいやでたまらなかった。だからこそ将宗に出会って、見る見るうちに変わっていくのを喜んだのだ。

もっと我がままに自分の幸せを追い求めてほしいと思っていたから、いざ自分が同じような立場になった今、我がままに幸せを求めるつもりだった。

悠真にとって大切なのは家族とライアンで、それ以外の人間がどう思おうとあまり関係ない。申し訳ないなとは思っても、譲るつもりはないのだ。

そしてライアンは、家族たちの訴えに揺れ動いたりせず、心が決まっていることを示してくれた。それゆえ、悠真も彼らの非難に動揺しないでいられたのである。

『今回は一度ですませられそうだから部屋に上げたが、次からはもし来ても追い返すつもりだ。話を聞くだけ無駄だからな』

『分かった』

『しかし……ユーマがやっぱりやめると言いださなくてよかった……』

『そんなことしないよ。自分がベータで、反対されるって分かってて好きになったんだもん。ライアンがボクを好きでいてくれるなら、他の人はどうでもいいんだ』

ライアンは嬉しそうに笑い、ギュっと抱きしめてきた。

『頼もしいな。ユーマがしっかりしてくれさえすれば、私はいくらでも強くなれる。私にとって怖いのは、ユーマの心変わりだけだ』

『ないない、それはない。ライアンみたいなキラキラ王子様に愛されて、お腹いっぱい状態だよ。他の人が入る余地なんてないから』

『それはよかった。これからも、常に満腹にしておかないとな』

『うん。ボクもちゃんと返せるよう、がんばる。ライアン、大好き』

『愛しているよ、私の心の番』

微笑み合って、キスをして、抱きしめ合う。

ライアンの胸は逞しく、悠真を包み込む腕は力強い。そんなライアンがとても強い意志でもって悠真を守ろうとしてくれるから、悠真も闘う勇気が出る。

(でも、今は……)

ライアンに抱きしめられ、その鼻に馴染んだ匂いを嗅いで安心感に浸りたい。

悠真は力を抜いてライアンに凭れかかり、笑みを浮かべたまま目を瞑った——。

ライアン、故郷の味を堪能する

日本への移住を目指して動いているライアンは、休暇で溜まった仕事も並行して進めなくてはいけないので、かなり忙しい日々を送っている。

大急ぎで仕事部屋を作ってパソコンや図面と睨めっこしつつ、次々にかかってくる電話が邪魔で仕方ないと言っていた。ニールを窓口にしているのに、すり抜ける人間は多いらしい。

ライアンの仕事の邪魔をしないよう、日中は悠希のところで過ごすのが悠真の日常である。

夏休みだから暇な時間がたっぷりあり、悠希と一緒に将希や夏希の面倒を見たり、夏休みの宿題をしたりしている。

夕食はライアンも――ときにはニールを含めてみんなで摂り、しばしまったりしたあと自分たちの部屋に戻ってのんびり過ごす日々だ。

この日、ライアンは用事があって出かけていたので、昼食は手抜きでいいかとソーメンを茹でて、シンプルに長ネギとワサビ、それにおかずとして卵焼きとフランクフルトを焼いて済ませた。三人で取りかかれば、三十分もかからない簡単メニューである。

将希は好物の甘い卵焼きとフランクフルトがあればご機嫌で、美味しい美味しいとお腹いっぱい食べていた。

食器の片付けをしている間に悠希が歯を磨かせ、一緒に積み木で遊んでいると、しだいに眠そうな様子になってくる。

「将希、お昼寝しようか。起きたらオヤツだね」

「んぁぁぁ」

欠伸をしながら返事をする将希を、悠希がベッドに連れていく。

将希はあっという間に眠りに就いたようで、戻ってくるのは早かった。

「すぐに寝てくれてよかった。悠真、一緒に買い物いいかな？　キャベツと大根を買わないと」

「ああ、そういえば昨日、使っちゃったんだっけ。ニンジンも残り少ないよ」

「うん。だから、ボク一人じゃちょっとね」

「分かったー」

一人では重くて大変ということで、上野に留守を頼んで、悠希と買い物に出る。

カートに籠を載せて野菜を選び、魚コーナーに移動した。

「あ、本日のお薦めはタラだって。羽田市場直送の新鮮美味魚……フィッシュ＆チップスってタラじゃなかったっけ？」

「確か、そんな気が……ちょっと調べてみるね」

「うん。そろそろイギリス料理が恋しくなる頃じゃないかと思うから、ライアンに食べさせてあげたいなぁ。なんでも美味しそうにパクパク食べてるけどさ。……あ、納豆と梅干は例外か。あれは日本人でも苦手な人が多いから納得だけど」

「初めて食べる人にとっては、どっちも衝撃的だろうね。……ああ、やっぱりタラだって。

じゃあ、今日の夕食はフィッシュ&チップスにしようか。パンに挟んで食べても美味しいかも」

「あとは……タルタルソースとフライドポテト？　ピクルスもジャガイモもあったから、特に買い足すものはないかな？」

「そうだね」

籠の中はもうすでになかなかの重さになっていそうなので、それ以上増やすことなく必要なものだけ買って家に戻った。


夕方近くになって上野が帰るのを見送ると、悠希と夕食のフィッシュ&チップス作りだ。レシピを検索してしっかり予習しておいたので、迷わず動くことができる。

まずはサラダとスープとタルタルソースを作り、パンを切っておく。それからタラとジャガイモの下拵えをして、揚げるだけの状態にした。タラのフライだけでは寂しいということで、カニクリームコロッケとエビフライも用意ずみだ。

料理中は危ないから来ちゃダメ、と言われている将希は、おとなしく塗り絵をしていた。

すると、玄関のほうから物音が聞こえてきて、将宗が帰ってきたのだと分かる。

「おとーしゃ！」

将希はパッと笑顔になると、大喜びで玄関まで将宗を迎えにいった。

「ボク、ライアンを呼んでくる」

「じゃあ、油に火を入れて揚げ始めるから」

「うん」

リビングにある内扉を使って自分たちの部屋に戻り、ライアンの仕事部屋をノックする。

『ライアン、もうすぐ夕食だよ。今日はフィッシュ&チップスだから』

『何!?　すぐ、行くっ』

『よろしく～』

ライアンの勢いのある返事に、悠真はクスクスと笑う。やっぱり、久しぶりのイギリス料理は嬉しいらしい。

故郷の味になるかは分からないが、「本場のフィッシュ&チップス」と書かれたイギリス人シェフによるレシピだから、似たものになると思いたい。

キリがいいところまで片づけなければいけないライアンを待っていられないので、悠真は夕食の支度に戻る。将宗も着替えを終えたら来るだろうから、飲み物の準備を始めた。

「将希、今日の夜ご飯はパンだよ。牛乳とオレンジとリンゴ、どれがいい？」

「んー、んー、リンゴ！」

「リンゴね。ボクもそれにしようかな。兄さんは？」

「ムギ茶をお願い」

「はーい」

三人分の飲み物を注ぎ、将希に自分のコップを持たせる。

「ちゃんと両手で持ってね。ゆっくり、ゆっくり歩くんだよ」

「んーっ」

将希は真剣な表情でコップをテーブルへと持っていく。半分ほど入ったジュースが零れないよう、そちらにばかり気を取られて転ばないよう必死だ。

（可愛い～）

目を回しそうなほど忙しいライアンには申し訳ないが、やっぱり甥っ子たちの成長を見ないなんてもったいないことはできない。

悠真は無事にコップをテーブルまで運んだ将希に、えらいえらいと拍手した。

「じゃあ、もうすぐご飯だから、ここに座ってジュースを飲んでてね」

「うん」

そこに着替えた将宗がやってきて、今日はフィッシュ＆チップスだと聞くとイソイソと冷蔵庫からアイリッシュビールを取り出す。

「やっぱり、それ？」

「これだろう。ライアンから注ぎ方を習ったし、今度こそ美しい泡を作り出してみせる」

アイリッシュビールはもっちりとした泡に特徴があるのだが、飲み慣れたライアンに比べると将宗の作る泡はまだまだらしい。

　将宗がこれのためにわざわざ買ってきた大ぶりのグラスを取り出していると、タイミングよくライアンが現れたので、ビールの注ぎ方のチェックをしてもらうことになる。

『……そう、静かに、少しずつだ』

　ライアンのレクチャーを受けながらの泡は上出来だったようで、満足そうに頷いている将宗を、悠希が揚げ物をしながらチラチラ見ていた。

　自分といるときとは違う表情が見られるから、どうにも気になって仕方がないようだった。

（仲が良くて、何よりだね～）

　将宗の溺愛っぷりが過度だから目立たないが、兄もちゃんと将宗が好きなのを見られるのは嬉しい。

　幸せそうな兄夫婦がいて、可愛い甥っ子たちもいて、恋人のライアンもいる。真剣な表情で自分のビールを注いでいるライアンが可愛くて、なんて幸せな光景だろうと思った。

「悠真、お皿運んで」

「はーい」

　エビフライやフライドポテトなどはもう大皿に盛られ、悠希は最後のタラを揚げ始めている。

『フィッシュ&チップスには、モルトビネガーがないと』

　ライアンはそう言って調味料の棚から瓶を取ってきてワクワク顔で待っているし、将希は大好物のエビフライとポテトに目が釘付けだ。

　悠希が出来上がったタラのフライをテーブルに置くと、すぐに夕食となる。

「いただきます」

　それぞれ自分の皿に好きなものを取って食べ始め、真っ先にタラのフライを口にしたライアンが『うん？』と首を傾げる。

「……………」

「……………」

　ライアンの反応を、悠真と悠希は固唾を呑んで見守る。

　この料理は、ライアンのために作ったものだ。イギリス人シェフのレシピを忠実に守ったつもりだが、本物のフィッシュ＆チップスは食べたことがないし、初めて作ったのでライアンの反応が気にかかった。

『ラ、ライアン、どう？』

『おかしい……これは確かにフィッシュ＆チップスだが、旨すぎる。私の知っているフィッシュ＆チップスじゃない』

『はい？　どういう意味？』

『旨すぎるんだ。絶妙にサクリとした衣。臭みがまったくなく、タラの味がしっかりと口の中に広がる……本場より旨いなんて、おかしいだろう』

その言葉に頷くのは、唯一イギリスでフィッシュ&チップスを食べている将宗である。

『ライアンの意見に同意する。これは、私がイギリスで食べたフィッシュ&チップスより美味しい。おそらく、魚の品質の問題が大きいんじゃないかな』

『あ……これ、スーパーのおすすめ品だった、羽田市場直送、新鮮美味タラだから？』

『水揚げしてすぐに活け締め、それを直送って書いてあったね』

『それだろう。海外に行くと感じるが、日本の魚は旨い。生で食べる民族ゆえに、締め方や輸送、保存に気を使っているからだと思うよ』

『なるほど……しかし、困るな。こんなに旨いフィッシュ&チップスが家で食べられたら、イギリスに里帰りしたときにガッカリしそうだ』

そう言いながらライアンは二つ目を取り、嬉しそうにモルトビネガーを振りかけている。相当気に入ったらしい。

『……旨い。素晴らしく、旨い。困った……』

なんともおかしな苦悩をしているライアンを、将宗が笑い飛ばす。

『大丈夫。私も社会人になってから文化祭で高校の学食のランチを食べて、その大雑把な味に愕然としたが、ちゃんと懐かしさとともに完食したぞ。あれが毎日の食事となると勘弁してほしいが、数年に一度なら楽しいと思う』

『えっ。うちの学食のご飯、お坊ちゃま校だけあって美味しいって聞くけど』

『まぁ、他の高校よりは美味しいのかもしれないが、学食は学食だ。悠希の食事と比べるとな。そもそも食材の質が違う』

『あ、そっか、食材か……それは違うよねー』

ここは高級住宅街にあたるので、近所にあるのは高級スーパーのみだ。商店街はもちろん、八百屋などの食料品店はまったくない。それでもって高級スーパーに置いてある食材は高級な物ばかりで、値段が高い分、味が良いのだ。

地元のスーパーの倍くらいする牛と豚の挽肉に、ブランド牛の切り落とし肉を入れて作ったハンバーグは、思わず驚きの声が出るほど美味しかった。食材でこんなにも味に違いが出るのかと、感心した出来事である。

そう考えると、このフィッシュ&チップスもやっぱりタラの品質の違いが大きかったらしい。

ライアンは『旨すぎる』と呟きながら故郷の味であるモルトビネガーを振りかけ、タラフライとポテトをモリモリ食べていた。

『……まぁ、美味しい分には問題ないか。ライアン、また食べたくなったら言ってね』

『ああ。まさか日本で……しかも家でこんなフィッシュ&チップスが食べられると思わなかったから、とても嬉しい』

ライアンは三つ目のタラフライにフォークを伸ばしながら、実に満足そうに頷いた。

あとがき

こんにちは〜。このたびは、「愛されベータに直情プロポーズ」をお手に取ってくださり、どうもありがとうございます。

これは前作「純白オメガに初恋プロポーズ」の、悠希の弟、悠真の話になります。ベータとアルファの恋は前途多難ですが、そもそもアルファ様はハードルは蹴倒し、壁をぶち壊して進まれるので大丈夫でしょう。それより悠真は、「こ、これくらいのことで地獄に突き落とすのはちょっと」とライアンを止めるほうが大変かもしれません。

イラストを描いてくださる明神翼さんは、今回も素敵でした！　悠真は可愛いし、ライアンはいい感じに怖いし（笑）イメージにぴったりで嬉しい。どうもありがとうございます。

実は表紙の、悠真の手を取るライアンという構図、バックのバラのアーチが前作とリンクしているのです。でも悠希に傅く将臣に対して、ちょっと強引なライアン……という感じで二人の関係性が少し違います。これは繊細で壊れ物の悠希と、元気で逞しい悠真という、兄弟の相違のせいかも。

今回は三歳になった将希をちょこっと出せて、大満足です。はーっ、オメガバースはやはり楽しゅうございました♡

つい下描きの時にイタズラ描きしちゃいました✿
悠真ビジョン♡
あざとカワイイ♡
シッポもみて♡
あ。耳かわいい…♡
きゅ♡
こんにちは、明神翼です☆
「愛されベータに直情プロポーズ」、前作兄編の時からわくわく楽しみにしていました弟くん✿ タイトルの如くな直球プロポーズ♡笑 あざとカワイイ攻様ライアン+グッジョブです☆ 耳♡シッポ♡→
若月京子先生、読んでても描いててもとってもお腹がすいた、楽しくカワイイ素敵なお話をどうもありがとうございました——!!
本気でこのままペン入れしたかったです
本能を理性が抑えましたが、あとがきで爆発させてしまいました✿笑
たのしかったぁ——✿